众筹限量珍藏版 ／ 李德武 著

# 李德武诗文集

（上）

文汇出版社

# 【作品简介】

## 上册诗歌集

　　本书收集了诗人李德武自 1994 年至 2015 年的诗歌作品共 130 多首。按照不同时期的创作特点分为四个部分，第一部分，从 1994~1998，诗歌主要体现了思的机敏、对现实的深度指涉和语言的创新尝试与自觉；第二部分，从 1999~2002，在对诗歌形式探索的同时，较早地觉悟到后现代美学的局限与危机，开始向中国传统文化回归，努力从母语中建立如陶渊明一样具有自足精神和独立人格的诗意空间；第三部分，从 2003~2007，受苏州文化的影响，语言更为细腻、内敛、节制，写作成为生活方式；第四部分，从 2008~2015，探索更为高级的写作，即智慧写作，摆脱对经验、观念和现实的依赖，在觉悟中与天地人神对话。

本诗集为短诗精选集，作品涉猎题材广泛，语言形式丰富，呈现了诗人对生命和时间的感悟，诗人用词清雅，诗意常出其不意。李德武的诗是用心在生命实修中的智慧结晶，"光"是他内心的能量，诗句常常会给你"闪电"般的袭击，同时也有清新的"呼吸"，让你在宁静中感觉生命的喜悦。这是一本值得珍藏的汉语诗集。

## 下册评论文集

　　本书是作者自 1997 年以来诗歌随笔与文艺理论批评文章精选集。共分四个部分：第一部分是"理论随笔"，集粹了作者在诗歌创作中的经验、体会和独立思考；第二部分"批评文论"，收集了作者关于诗歌理论的研究和探索文章；第三部分"诗歌评论"，收录了作者对部分诗人以及作品的批评文章；第四部分"对话和访谈"，收集了作者与诗人、哲学家之间交流对话的内容。作者作为诗人批评家，不仅具有较好的理论功底，而且具有深入文本细读的能力，曾对欧阳江河、张曙光、车前子、小海等 20 世纪六七十年代的著名汉语诗人及作品作过评述。2004 年较早地提出"谁来宣告后现代的终结"问题，并引发了国内关于后现代诗歌的系列讨论。同时，作者作为当代诗歌的参与者，对当代诗歌写作现象有着敏锐的洞察力，先后写出《谁抬着我们的棺材》、《诗歌不能拒绝传播》、《我们是否已经习惯了平庸》等一针见血指出诗歌写作弊端的文章。李德武的批评文章具有十分严谨的学术态度，他独立的思想能力、对语言的敏感和真诚的批评态度让他赢得了诗人和批评家们的尊重。

# 目 录

## *1994 ~ 1998*

## *1999 ～ 2002*

## 2003~2007

## *2008~2015*

〔开始吧众筹〕第 22 个故事

寻找诗的知音

*1994~1998*

我说隧道我什么也没说
就像打枪时一只眼睛是多余的
早晨，我拉开窗帘就进入隧道
一个不确定但深邃的思路，它在一座
山体中的走向，有如盲肠在人的腹部

《隧道》

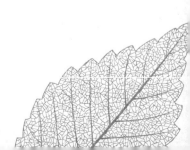

# 芦苇

严格地说这世上没有芦苇

这种缺乏自人类重视粮食起就已形成

我们说芦苇，其实所指的

是和芦苇全然无关的事物

譬如苇席，譬如象征空虚

因为实用性，我们习惯了类似的替代

而真正的芦苇就像一束光

它永远不会在我们脚下的土地上扎根


无论生自云端的，还是生自心灵的

都不过是芦苇的幻影，它除了对

仰望者自身充满真实的蒙骗外

没有哪一只候鸟肯把它们的巢

建在远离水源的根部，在闪电一样的叶子上

由于缺少蚂蚁和蚊子爬上爬下

使它显得没有一点生机——

1994～1998

梦见的芦苇都是死者的化身

它是神的或是教徒的

这等于说我们怀有的期待

是在相邀死亡的临近——

芦苇最终不会提供生的范本

它只能教给我们倒下去的姿态

它只能暗示我们一棵芦苇达到顶点

只有芦花，它化作一小片云朵

随风而居，在变幻不定的天空

它就是再洁白，地上的行人

也无法把它准确地辨认

1994 年 10 月 9～10 日

# 公共汽车

路和水源都封存在一粒沙子里
路和水源已经变得不那么重要了，在一个夏天
抛锚的公共汽车需要汽油，这种燃料
要从诗歌中提炼，也许仅仅靠诗歌还不够
饥渴的机器，它要我们献出一腔血液

一台死去的发动机正在努力复活
车厢里人们贴得很紧，充满妓院的蠕动
一座城市，它的四只轮子深陷在肉欲里
过了午夜，我们都对身外的事保持无知
汽车靠酣睡的呼噜驱动开往黎明

乘客在固定的站台上成为汽车的排泄物
"爱不得不是你身上一切美德和一切受责罚的种子"①
我看到但丁掸一掸身上的灰尘这样对自己说

这个从地狱到达天堂的使者，现在
他迷路了。他站在街口惊恐地四顾
那样子像是一个从未进过城的山里孩子

人们仍在向车上挤，人们需要获得一次
被排泄的轻松和快感，环路或复线
无轨电车其实轨道在它的背上
像超现实主义或者自由体诗歌
这片土地变得肮脏下陷与上帝已死无关

1994 年 10 月 11 日午夜

**注:**

① 但丁《神曲》中的诗句。

# 隧　道

我说隧道我什么也没说
就像打枪时一只眼睛是多余的
早晨，我拉开窗帘就进入隧道
一个不确定但深邃的思路，它在一座
山体中的走向，有如盲肠在人的腹部

"浮出海面或被地平线抛弃"
透过类似的文字就会看到
隧道像婚姻一样普及
它仅靠挂在内壁上的水珠
就抓住了无路可走的人类

隧道的魔力在于它是一座空洞
我想起小时候玩的盖房子的游戏
可隧道不同于房子，它的生成
源于挖掘，源于想在山的内部
散一散步的那把镐

1994 ~ 1998

我说没有隧道时隧道正包围着我

每一种上升的气流都受到它的阻碍

它总是以有限的空间

和折断的翅膀调情，在嘻嘻哈哈中

大家都装作受伤的不是自己

1994 年 10 月 17~18 日

# 送一个情人坐零点班车

零点，我虚构的情人要离开
这分别的一刻人情味十足。我陪她来到
火车站，在候车时她突然对我说：
空气中密布铁轨的擦伤

我说：那是售出的苹果在磨砺牙齿
要不就是爱情在脱轨运行
我指给她一个衣裳破烂的小姑娘
去问问她，她一直在这里行乞

她极为恐慌，她不停地化装
声控喷泉在乞讨的孩子面前竖起一个个透明
的水柱，但她仍然恐慌，她突然又对我说：
空气中确实密布铁轨的擦伤！

我也嗅到了一种金属的血腥

这使我丧失了判断力，一辆火车驶进

黑暗深处，就像小偷的手伸进我的兜里

他拿走什么我全然没有知觉


灯光像凋谢的玫瑰，我找不到虚构的情人

这时我看到指针已过零点

我向空中留恋地挥一挥手，本意是告别

不料，黎明满载着纸灰向我驶来……


     1994 年 10 月 20 日晨～24 日

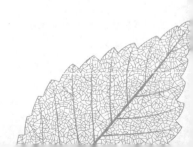

## 一瓶罐头的保质期
## 和对空罐头瓶的无限期实用

一瓶罐头的核心内容注定了它有保质期
那唯一的目的从封闭中打开就会腐烂
糖水桃或茄汁沙丁鱼。商标下面的文字
虽然经过了高温处理，但时间不会相信
隔绝空气可以保鲜食品这类鬼话

把罐头倒空我们也倒空拥塞的大脑
一个空空的玻璃瓶是一个全新的存在领域
它超出所经验的往事，敞着口
吐出一座世外桃源的呼吸
在它的边缘，膨胀的雾气还原成露水

一旦高压的世界经由审美打开
我们就可以来到东篱之下，握一握陶渊明
采菊的手，还可以去普罗旺斯的向日葵地里
摸一摸梵·高被自己削掉耳朵的疤痕
不会再有压力，你将为一种爱情肃然起敬

1994 年 10 月 12 日晨

# 混乱中的有序状态

天快黑了，清扫工用扫帚
安慰无家可归的纸屑
有人在走动，脚步比纸屑还要轻

多种声音开始飞行，夏日的昆虫
它们急于找到一盏灯
以便把自己和吮血的区别开来

黎明笼罩在打气筒里
一种向下的力量
把上升的阳光压缩进稀瘪的轮胎

死掉的星辰一半留在空中
一半又回到地面，猛抬头就会发现
是死者在控制着时间

1994 年 9 月 13 日

# 危　房

我在女儿的画纸上看到危房
看到直线上升的烟，和
不规则的街道，天空被涂成灰色

我从灰色中俯视到
危房中的每一道裂缝

在我启齿之际
看到危房向我敞开门，我看到
危房里还住着另外一些灰色的线条

一些不规则的线条像哑语
我听到那断断续续的线条
向我唱着童谣

我走进童谣时也走进危房
我看到灰色随时要聚到一起
将我在凌乱的线条中深深地掩埋

1994 年

# 基建工地

早晨，我路过基建工地
从地下挖出的土被装上卡车运往别处
而另一面，异地的碎石堆积如山
一些墙正在生根
透进阳光的窗子还没有诞生
躺在地上的钢筋沉重地想着心事

我想走得更近些，把手伸进砖缝
或者，听河底来的沙子谈一谈
进城的感想。它一定比我更清楚
混凝土中的生活，更清楚
一座空楼的内在寂寞

我重复地看到这一场景——
搅拌机像一个嗓子里含着痰的人
吃力地大声说话。它好像努力

让自己的声音传到时间的耳朵里
就像一个垂暮的老人企图丈量
留在地上的影子的长度
我重复地看到外地的民工
把不值钱的生命砌进墙体

我又一次路过基建工地，这一次
我从相反的方向走，我想着庞贝遗址
想着古罗马的大斗技场，这一次
我仅想到秦始皇陪葬墓的一半
就走完了那一段路

1994 年

# 静物和它周围骚动的空气

托盘与苹果呈现一种姿态
它是塞尚式的优雅与准确
一个饥饿的人几次将手伸向苹果

在苹果放进托盘之前
塞尚已经抹去了它们之间的距离
谁想吃苹果就得连盘子一起吃掉

饥饿的人不得不放弃想吃的念头
离开时，他还留恋地回头
并在心里咒骂那个充满魔力的盘子

1995 年 6 月 4 日

# 黄　昏

黄昏到来时，一架手摇式的削苹果机
在旋转，裸露出的果肉呈现白色

道路再次被挖开，民工从地沟深处爬上来
头发里藏着尘土和地下的湿气

不远处的草丛里，有人垂直将球抛向空中
球下落时恰好砸在一朵花上

此时，一粒很小的沙子躲在废弃的轮胎里
风在找它，并企图把它带回沙漠

1995 年

# 饥饿的深度

夜深了，声音缩回到各自的躯壳里
我等待被称作酬劳的宁静降临
时间迈着瘦弱的长腿
在文字之间索要一杯水

脸上的红光和体内的脂肪注解幸福
时间的饥饿我们却不知道
走进餐馆或副食品商店
我们对一座钟的饥饿一无所知

1995 年

# 空 山

水气和烟雾一同膨胀
比风还高的努力朝向轻浮
贫穷在石头中间
挖掘草药，采摘蘑菇

鸟的眼里堆积着干柴
尖锐的松针
加剧了飞翔的阻力
储有矿石的山
正被壮大的噪音挖空

1995 年 12 月 8 日

# 遗　址

遗址在一张草图上，它是一幅铅笔素描

按比例缩小，准确而逼真

没有署名和年代


朝阳悬在遗址上方

茂密的蒿草隐藏着心事

残垣瓦砾脸扭向背影


眺望日出就看到遗址

看遗址就看到日出

一座废墟创造了废墟上空的朝霞


1995 年 12 月

# 花 园

在语言的花园里
触不到玫瑰的芒刺
能够摸到的是一些
柔软而平滑的舌头
花园的大部分空地
长满了类似的植物
它们的花
多是以唾沫的形式开放着

用来堆积残土的地方
立了一块牌匾
上面写着"花园",醒目的大字
出自名人的手笔
满地残土却来历不明

说"看花去"

实际看到的是一座陵园

纸花沐浴在春雨中

锡纸做的蝴蝶

把我们带入

只有死者是真实的世界

1995 年

# 梦想与现实

春天，我看到一个孕妇
坐在一堆石头上，她低着头
神情忧伤地想着心事

此刻，我守着一株树，它的根部
设有电脑接口，我通过敲一个指令
来让叶子变绿或变枯

那个穿着天蓝色裙子的孕妇
她怀着谁的孩子？
鲜花盛开的草地就在眼前，她却不过去

我再次抬起头的时候
孕妇不见了，我看到那堆石头
已经由白变灰

1995 年 6 月 4 日

1994～1998

# 这条街

什么样的设施是最为必要的
譬如下水管道或一种外在的表情
变质的阳光让我难以分辨
走在这条街上，我唯一的渴望
——是一只蜻蜓

它眼里开着不谢的荷花
这荷花把我带入到污泥深处
我看到污泥之中深藏着
一座空中花园，我看到这花园
坐落在街道的尽头

这条街根本没有蜻蜓
但我看不见蜻蜓以外的事物
我在这条街上飞来飞去
楼群投下的阴影
就是我透明的羽翼

1995 年

# 未被涂抹的画纸

除了饮茶，还有其他一些事物让我不眠
我想到不久前遇到的一个强盗
手持的凶器竟是一只饱蘸颜料的画笔

他站在灯光照不到的阴影里
当我走近，他命令我站住
我把兜里的钱全部掏给他
他却拒绝了，他说：
"你有一张未被涂抹的画纸吗？"

我提醒他这样做可是犯法的
况且，一张画纸有什么珍贵的呢？
他在我的眼前晃了一下凶器
然后，用蔑视的目光看我一眼说：
"你根本不懂一张画纸的价值"
说完，他转身走了。好像我带给他什么打击
他竟然绝望地自己折断了画笔

1994 ~ 1998

现在，我坐在灯下回忆那场遭遇

却怎么也记不起那是一张怎样的面孔

但我依稀看到他手中的凶器——

那只折断的画笔正以他的绝望逼视我

还有那句让我忧虑不安的质问：

"你有一张未被涂抹的画纸吗？"

1995 年

# 秋天的海棠

1994～1998

## 1

秋日朗照，拴在围栏角上的狗
对着果园狂吠。天空是承诺的盲区

在三枚海棠之间，听。看。转身。
摸到的黑暗是死者的牙齿

## 2

几只麻雀停落在废铁堆上
它们飞翔的动力在铁锈中缓慢溶解

望见的出口是没有文字的墓碑
在减少的谷粒中间，公鸡惊慌地寻找黎明

### 3

履带的链节之间有海棠的纤维
汞或玻璃的内部有海棠耗损的水分

摧毁的力量常常经由黑色的光缆传达
空虚和真实恰好在遭遇时相互抵消

### 4

因为不能，所以无论是刀子还是钥匙
都启不开封闭海棠的卡簧，《神曲》也不能

可每一次要完成相同的尝试。用刀子或钥匙
努力接近海棠，努力在镜子的正面和反面实现跨越

**5**

"几点了？"这从来就不是一个时间的概念
"几点了"等于问"几枚海棠"或"看见几枚海棠"

这让人恐慌，让人想起那枚压进枪膛的海棠
它准确地将飞翔的鸟击落，它的精确载入史册

**6**

我在黑暗中听到海棠的预约
伸出右手与它完成情人初逢时的相握

1995 年 10 月

# 黄昏里的数学

乌鸦的翅膀是神秘的
黑并不是它的本色
它的本色在一道数学题里
那是对光的微分
是关于记忆的代数

透过乌鸦的翅膀可以看到
唾液是一个
含有未知成分的语言方程
它的解
就像它携带的病菌
无法计数

乌鸦的叫声在几何中回响

如同两根相切的弧线

从没有一个共同的圆心

它们总是

努力接近对方

而在接近的瞬间

彼此却不得不迅速地分开


1995 年 10 月

# 1995 年 11 月 4 日

在一张白纸上沉思良久后写下：

1995.11.4①

这是过去的一天

这是我们不能再重见的一张脸

我用墨笔在数字的外围画上黑框

我想接下去写一首诗

却不知如何开头


这样的一天既轻又重

像一枚小小的子弹

它让星光终止在午夜

让血终止在午夜

我坐在中国的一间房子里

看这死亡的时刻

在电视上出现：世界的天空雪花弥漫


雪是从以色列飘来的

它夹带着麦克风里的呼吸

和广场上燃烧的烛光

这以色列的雪花

落在我眼前的白纸上

它想埋没黑框

却反被墨水融化成浑浊的眼泪


一个黑色的日子变得模糊不清了

整张白纸

像一份被血染过的歌谱

我努力倾听那歌唱者的声音

却意外听到了沉重的悼词

此刻，我看到

眼前的白纸正在下陷成一座

开满鲜花的墓地


1995 年 11 月 28 日


**注:**

① 以色列总理、中东和平进程的倡导者拉宾在今
天遇刺身亡。

# 博物馆

雪在广场上陈列

阳光下冬天的古迹很醒目

鸟的影子像一把青铜剑上的绿锈

显示着年代的久远

一些眼睛被雪的反光刺瞎

一些声音在青铜剑的绿锈里失去光泽

1995 年 12 月 6 日

# 教　堂

处在禁地边缘
这座建筑像个异类
密布的蛛网让神蒙羞

从门缝向教堂里窥视
一架老旧的风琴
她的沉寂令我忧伤

我想打开琴盖
尽管她已经安魂
我想听到风琴的呼吸

我想看到
唱诗班孩子的眼睛
点亮教堂的蜡烛

我对黑暗弹唱

把夜莺当作上帝

唯一光亮来自燃烧的手指

1995 年 12 月

# 只剩下咽喉

这里没有思维

风从楼道的入口吹进又吹出

随之而来的是门被吹开又被关上

风进入一间屋子

进入一个大脑扫地上的灰尘

或者在灰尘中就餐，睡眠

风不是自己醒来

风是被另一阵风的敲门声

惊醒。之后，风离开

并不是自主地离开

是另一阵风的进入将它排挤出去

这里没有我，这里只剩下咽喉

1995 年 12 月 20 日

# 大理石台阶

一些线条平行或垂直
一些看不见自己投影的线条
在几何中谈论海与天空

立体的高度是线条幻想出的
海与天空
也是线条幻想出的

是背弃的力量还是超越的力量
使得线条从平面上站立起来
它们沿着平行或垂直的方向行走

但被抬高的并不是海或天空
风从线条间刮过
掀动的只是没有姓氏的灰尘

1996 年 11 月 21 日

# 庭　院

那真是一座花园，还是一个梦？

博尔赫斯

在黑夜扩大的恩赐里
树的枝干开始发光
石头以生灵的心脏搏动
而一双眼睛
将隐没在成熟的葡萄中间
倾听一口深井和星光对话

远山模糊，寂静以声音中的声音
将听觉征服
一个很小的居所由此获得
跨越篱笆和矮墙的胸怀
它呼吸山巅的岚气
滋养石头和泥土的性情

1994～1998

今夜，灯是多余的饰物

回到庭院就是回到光的中心

只需叩动柴扉

就像敲打琴键，接纳我们的

是音乐，我们将发现一座空宅

是被废置多年的音箱

1997 年 3 月 10 日

# 木偶艺人

我总是怀着敬意与好奇
寻找那双手
寻找使木偶复活的灵性
它好像隐藏在木偶的裤子中
又仿佛不在木偶身上

1997 年 4 月 2 日

# 无主角戏剧

吸尘器躺在地板中央，它的喉咙里被一团
报纸塞注，"呜——呜"地响着
像是一个患有肺气肿的人在艰难地喘息

不断有报纸掉在地上，渐渐将吸尘器掩埋
"呜——呜"声不如先前那样有力了
随着报纸增厚，"呜"的声音越来越弱

报纸继续在掉，像秋天的落叶一样
仿佛空中有一棵生长报纸的树正临秋风
落下的报纸埋没了沙发、床和书柜……

已经听不到吸尘器的响声了。落下的报纸
将一间屋子填满。偶尔听到哗哗啦啦声
那是老鼠和蟑螂在报纸堆里觅食或游戏

# 哑剧演员

迫使语言贬值的是语言生产的过剩
是一张嘴对说的股本扩张
对意义的消费
最终导致语言深度的破产
而沉默和浅薄
又造成理解的短缺和空白

一名哑剧演员不是应时出现
而是必然出现，听力的匮乏
让说者放弃发声
而专注于手势、表情和眼神
它们并不肩负
传达意义的使命，它们
仅仅是一种行为的重现或延续

1994 ~ 1998

当看到这样的场景：

一名男人躺在报纸堆里睡觉

旁边是等待刷洗的饭盒

我们不会去追问这个情节意味什么

它只能加剧我们对思的忽略

——那睡着之人原本是我们自己

1997 年 4 月 7 日

# 游戏中的人

显微镜下，刀子切开蝇头解剖神经
显微镜是真的，刀子也是真的
而苍蝇是一幅素描，或假想的现实
现在显微镜开始消失，然后是刀子。眼前
只剩下苍蝇。确切地说是苍蝇的神经
它像一条条树根，又像是没有雷声的闪电

移植或嫁接是比较普遍的技术，在电脑上
一棵树靠苍蝇的神经抓牢地面，且
枝繁叶茂，硕果累累，而在天空
一道虚无的闪电使星星黯然失色
藏起雷鸣自称是播撒雨露的使者
像一只挥舞的黑手戴着洁白的手套

现在，你有权利恨显微镜或恨刀子

只是你无权妨碍一棵树在阳光下

肆无忌惮地扩大自己的阴影。至此

你无法摆脱密密麻麻的根系对思想的纠缠

一根苍蝇的脑神经在繁殖成森林之前

你终于疲惫地说出：该死的，我要沙漠！

1998 年 11 月 5 日

# 女神来到汉语中间

女神来到汉语中间。她并不是常来
一些偏远的词有幸被女神接见
不胜光荣。这些落寞的词构成了汉语中
最渴望表达却又无力表达的部分
至多是匆匆地看一眼女神，之后便在心里
将女神的印象供奉。女神很忙
她没心思和一个可有可无的补语交谈
她周旋在主语间，按照主语安排的日程活动
和方言说方言，和庸俗的情调调情
女神很懂得汉语中入乡随俗的含义
她并不给汉语带来关怀，她是来被关怀的
被体面的表达关怀，被颂诗关怀
被无代价的爱情关怀。女神的绣花拖鞋
常在夜里走丢

1994 ~ 1998

女神在活跃的汉语中活跃着，而寂寞的部分
依旧寂寞。得不到女神扫一眼的句子
只能烂在喉咙里了。女神有权砍杀一个句子
像是一个屠夫随意宰掉一只鸡
当然，女神也有权力将污秽的词语定名为箴言
与其说这是汉语时代，不如说这是女神时代
聪明的人不去努力驾驭汉语，而是驾驭女神
或者，驾驭女神脚下那双绣花拖鞋
正午，女神在吸入汉语中大量的酒精后睡去
她怀里拥抱的情人是一把沾满灰尘的笤帚

1998 年 11 月 5 日

# 泡沫及其他

平静或故作平静，抚摸泡沫时摸到
一些烫金汉字的肉，或徽标的肉
干涩。粗糙而麻木。却有不朽的品质
烫金的表面掩饰住失血后的惨白
一个汉字闪闪发光却脆弱得不堪一击

近乎依赖。平面的汉字要靠泡沫站立
一个梦要靠泡沫在床上隔潮取暖
泡沫装着我们的午餐，甚至更久远的食品
抚摸泡沫时摸到了人脑的外壳
老师在手工课上正指导孩子们制作超人

1998 年 11 月 6 日

# 乡下，以及词语

一副犁深深地掘进口语。封闭的交流
难以压抑涌动的地气
正值阳春，金属的硬度与光泽
口语充满了渴望和孕育的兴奋

一张纸寻找迷失自己的沟谷
迎和种子的萌动，像心脏的起搏
把血液传输给周身，每一个毛孔
都是春光进入的一扇扇小门

布谷鸟歌唱的小嘴，自始至终
敞开，用汗珠肥沃口语的土质和感受
耕耘，古老的舌苔飘过稻谷的芳香
潮湿而阴暗的咽喉开满向日葵

1998 年 11 月 06 日

# 模拟葬礼

死者躺在花丛中屏住呼吸。他心不在焉地听着
哀乐，那缓慢的节奏使他想到慢四，想到
常和他跳慢四的那个女孩。她的手柔软得
像一块奶油。他忍不住想笑，这时有人
提醒他保持面部麻木，别忘了自己是死者

向遗体告别的人迈着沉重的脚步。哀乐
调动起每一根泪腺和悲痛的神经，有人哭出声来
她想哭得更真实些，于是，她竟疯狂地
朝死者扑去。这使所有默哀的人一惊
他本能地撩开眼皮，暗想来吧，让我拥抱一下

除了死者保持清醒以外，大家都沉浸在悲哀中
聚光灯照着人们脸上的泪痕，就连导演
也相信此时此刻自己正在失去骨肉亲人
三分钟之后，工作人员将遗体推走火化
死者开始恐惧，他忽地坐起来大叫：停——！

1998 年 11 月 11 日

# 给麦可的信

我知道你不再回来。你的笑容
和思想在云中闪烁。那条长长的暗道
不再笼罩你了，这个永久性建筑
最终没有你走得远。我时常路过那里
想着你的脚步已成为天空的雷声
或夜幕下疾驰而过的马蹄

你没回来，准是有更好的居所将你收留
准是有更宽敞明亮的房间
让又高又大的你与邓肯起舞
与茨维塔耶娃起舞。围绕你的是阳光
音乐，迷漫着丁香的空气
你没回来，准是有更洁白的雪地让你漫步

我刚刚参加完一个婚礼。吃饭的
酒店离你停过尸的地方不远
那是一个寒冷的冬天，黄昏早早地降临
你停止呼吸的脸上依旧保持着红润的光泽
没有更换新衣，如疲惫后和衣而睡一样
1米95！你高大的身躯竟然把棺材撑破了

是不是这个世界上适合你的东西太少？
少得连死后都没有一口合适的棺材
是不是你的心脏搏动得太有力？
以至于血管承受不住血液的压力而破裂
当灼热的血涌满胸腔，是不是你又一次
梦见了大海的宽广，梦见了激荡不息的海浪？

汽轮机厂在我心里一度是个晦暗的词
我厌于读到它或想到它。现在，我又看到它
不锈钢的大门和高高的围墙。我来这里
参加一个婚礼。一个永远也不属于你的婚礼
25岁，你本该是一个潇洒的新郎
而此时，只有天使配作你的新娘

这是多么熟悉的街道、树木和建筑
我们曾一起在隔壁的杂货店里打电话
买过火腿和一些下酒菜。那个夏天很热
你总是出虚汗。总是梦见死神冲过来
夺你手中的笔。难得你有兴致
坐在我家的地毯上伴着录音机高唱

"咱们老百姓，今儿个要高兴"

和我谈你与一个女孩的故事……我知道

你不再回来，你的爱情在星星之间闪烁着

那是你灵魂得以安息的资本。你不会孤独了

在蓝天上，你可以与任何一位大师会面

交谈。没有国界。不分肤色与年龄


你可以随时游览梦中的拉萨，游览

庞贝古城和埃及的金字塔。你无须再为车票

或住宿发愁。朝霞便是你的车票。阳光便是床

你尽可自由抵达西伯利亚的雪野，普罗旺斯的

向日葵地……我知道你不再回来

你结束了在这条街上孤独而凄凉的散步


这里，你所熟悉的工厂，枝形路灯

还是老样子。只是母亲因悲伤已经明显衰老

多病的老父却越发表现出一个男人的刚强

朋友还是那群人，常在一起喝酒

越来越觉得你可贵。有时

我们站在英杰家的楼上眺望你居住的地方

我们就想，这世界真不公平
英杰一直在阳台上养花。这个散漫的家伙
却对养花格外上心
我猜他是为你养的，因为阳台正好对着
你存放骨灰的那幢楼。他也许相信
你能看见花开，或能闻到花香

1997 年 12 月 6 日。我们把一束鲜花
放在你骨灰盒上，刘禹朗诵了永波为你写的悼诗
我们没有流泪。一年了，我们已经找到了
和你交谈的方式。死亡没能将我们分开
没能将我们与诗歌分开，这一点你最有信心
我会再给你写信，并等待你的回音……

1998 年 10 月 22 日

# 从梦里出走

不必道别，这些礼节都是穿上衣服以后的事
就在梦到月光时走进月光，一丝不挂
像落到花蕊上的露水，像逃离乌云的一场雨

也不要思想。思想是灵魂的另一种衣裳
就在被星子注视时拥抱星子，以同样的贞洁
实现心与心的沟通，眼睛与眼睛的照应

无须羞涩。你本身就是月光中的一部分
是露水或春雨。你生来就不属于服饰和床
更不属于那间充满家具和隐私的卧室

走吧！别再让衣服找到你。别再让鞋、袜子
以及身份证找到你。趁着袜子守着鞋，鞋守着鞋柜
趁着衣服还在睡梦中，趁着身份证还在兜里……

1998 年 11 月 13 日

# 约 会

坐在花园的长椅上，如约等待
一场爱情的开始。此时，太阳西沉
走来走去的人群渐渐在视野里模糊

每一处黑暗中都有人接吻（这是否是黑暗的内在活力？）
孩子们在路灯下捕捉蝼蛄
灯光映着孩子的脸和蝼蛄透明的翅膀

两个老人在一条石板上下棋
吃掉的棋子在老人的手里有节奏地碰击
哒哒如一座刚刚上满发条的钟

我不知何时离开长椅来到老人身边
静观两个垂暮之人与时间对弈
那些被吃掉的棋子不断在另一盘棋里复活

1994～1998

游人散去。我独自抚摸老人下棋的

石板。夜的死寂开始统治大地。这时

我才感受到路灯的昏暗和石板的冰凉

1998 年 12 月 3 日

# 落雪的早晨，或爱情

雪在我的上下左右飘落，那是
一些床上的灰尘或皮屑
干燥的夜耗去了
一只苹果内在的水分。它被轻轻地移动
从桌子到不显眼的地方，像是一个
化妆的女人
在镜子前突出眼角的一颗黑痣
冲马桶的流水声
在我的上下左右回响
混合着厨房里的油烟和吃力的咳嗽
11月25日从烟雾中一点点地爬上楼梯
用它冻僵的手
在玻璃上作画，一种经不起
温暖检验的美。类似风和空气的恋爱
不可口的早餐总是令人沮丧
一天的心情好似油炸过的食品

雪在我的上下左右飘落。一些

灵魂的碎片在纷飞中被空气划伤

甚至焚烧，留下晶莹的灰烬。触摸的手

已经从敏感的部位移开

雪片的旅行到融化为止。缓缓地

一辆列车空驶出两掌之间

它将停靠在一束光里

像隐藏在眼神里的一丝绝望。灰色的烟雾

还保留着最初的兴奋和激动

这些来自烟囱的思想

正在编织着一座城市的帽子

1998 年 11 月 25 日～12 月 1 日

60

# 背　景

一些树离开又回到原处。它们走动的脚步
很轻，很隐蔽
像是风对一片叶子的追随或纠缠
一些阴影晃动着
朝阳光凸起它们饥饿的空腹。此刻
我站着还是躺着无关紧要，肉体的姿势
是一粒随时被乌鸦充饥的玉米或腐肉
你知道，阳光并不是灵魂的防腐剂
但我们一直对此深信不疑。直到有一天
我们在阴影的胃里接受消化
才看清粪土般的归宿——这诗意的栖居
应验了谁的梦？

1998 年 11 月

*1999 ~ 2002*

在找水的路上，我一直受死亡的指引
受卵石间贝类的碎片和火焰中鱼群的指引
我虔诚地跪拜每一棵滴淌汁液的桦树
现在，我看到了必须有的止步和敬畏
我不得不停下脚步，望着水的遗址
远远地在心里烧香祭拜
面对它日益加剧的荒凉和空白

《在山谷里》

# 当手滑过粗糙的桌面

手指开始苏醒，像树根蠢蠢欲动
在尚未腐朽的木纹中摸到脉搏

疤痕耗掉反光，如同待在角落里的人
分拣不同方向的来信

默无声息，一块粗糙的木头
吸纳一生的恐惧

1999 年 3 月 28 日

1999 ~ 2002

# 在服装城里

一条路的走向遮蔽着移动的触角
布匹中的经纬相互交织，牵制
蜡染的花色在风中变黄。我尝试着
在记忆中做一点恢复工作，但很难

随便走走就踏进精心设计的圈套
表情琳琅满目，我支付掉脑中的储蓄
阳光确实很好，是吗？这些时髦的头饰
总能让女人动心

我穿过一扇门又一扇门
三月的雪落地就化了，道路泥泞
每一个标签都比幻想务实
时间已近黄昏，落日被大楼的屋脊切开

1999 年 3 月 25 日

李德武诗文集（上）

# 相逢在冬日的午后

坐一会吧，喝杯茶，你会感到停顿和行走
同样都是消磨。你走的那条路肯定有人先于你走过了
只是你的步态比他懒散得多，这恰恰是你的长处：
哪也不想去又到处溜达
啥也不渴望又怀有朦胧的期待
"几点了？"每隔一会你就向我问一次
有时身边没人你也这样问
你如此关心时间却从不戴表，但记忆力好得惊人
你记住的事情跟昨天一模一样


"这种良好的记忆力把我毁了"
说这话时你平静得像一张发黄的照片，我仿佛
从你的语音中感受到你心脏跳动的间歇
以及在一间空荡的屋子里你对这句话长久的酝酿

那也许是一些可怕的念头：楼上的床

发出有节奏的声响，像一架破旧的风琴

对！就是上小学时音乐老师弹的那种

那个姓单的女老师让你十岁就饱尝了失眠的苦头

夜从此变得漫长起来

眼前总是那架让人心乱的破风琴。也不总是

停置时间一长，它就变成了一口棺材

就是邻居老王大叔用的那口，它装满了死寂


你清楚地记得当时它在院子中摆放的位置、颜色

和埋入地下的过程。当时出于好奇

而记忆却让一个发生过的事情重复地发生

每一次都激起同样的恐惧和焦虑

它们像一些身手敏捷的贼在脑子里跳来跳去

有时从棺材里发出风琴的响声

而风琴是一口棺材

持久不变的是音乐老师，她使你从害怕中

进入到暗暗的兴奋和平静

但快乐背后隐藏的是羞辱对内心的折磨

（的确，是她的眼睛和胸脯令你难以入眠）

这些十岁就有的经历像一座终身监禁的牢房

把自由的空间压缩成一块饼干

后来你听到谁跟你说"恐惧"就像听到

脾胃不好的人打出的嗝气一样平常


"几点了？快到九点了吧！这冬日午后的阳光

像一个犯毒瘾者的眼神，焦灼、恍惚而绝望

有时我感觉自己是一滴汁液

溶入一只深深的缸里，有时却像一堆渣子

松散得没有重心。你得提醒我，九点是末车……"


你托着茶，却又不能把它安心地喝完

犹疑的目光像黄昏中一只飘忽不定的蝙蝠

你依靠契约建立安全感，而马上就为这一行为

承受了更大的不安和痛苦

是另一种存在同时宣布信赖的无效——譬如

地上的雪无法保持一点洁身自好的品行

你把所有关于雪的赞美都定义为：胡扯

因为一个叫雪的女孩听信了那些赞美

而在雪地里冻坏了双脚和脸

她白皙的脸庞留下了终生不愈的冻伤

"美就是这样被击溃的。美就是这样不堪一击"
而我们乐于用自己的探测器鉴定一个深渊的深度
"美或许是一个可恶的东西
就像所有工于心计的骗术"
而我们愿意用全部的幸福去作风险抵押
这就有了解脱一切怨恨和苦难的钥匙，它就是
——活该！！

"几点了？太阳还没落，天咋这么黑？
我们都别忘了：九点是末车……"

1999 年 12 月 26 日

## 人 籁

能够囊括的都已囊括
电脑吐出超市购物清单
产房的一声啼哭如羽毛坠落

夜降临，走散的脚步
重新回到一面鼓里

1999 年 12 月 10 日

# 从晚上九点到十二点

钢笔在两个手指间有节奏地滑动

时间开始流失

一上一下的运动使得想象之门打开

花瓣纷飞

钢笔在挖掘。就像西穆斯·希内

沉湎于他的室内作业

在中国的一座城市里

我为一种不相干的挖掘所感伤

尽管这是一只毫无激情的钢笔，笔囊空空

尽管有很多事比玩弄一支钢笔更有趣

1999 年 12 月 25 日

# 处　境

回到家里的人找不到他的出生地
覆盖雪的田野，他的姓氏
早已枯干成玉米叶子。幽暗的午后
一扇门打开，就像
命运许诺给盲人以光明

1999 年

# 为母亲最后的日子守护

春天和不祥的消息一同来临

癌细胞在骨髓里开花

花萼的挤压阻断了下肢的知觉

母亲平静地躺着

耳边不时传来院子里木匠赶做棺材的声音

生活用劳动为一位劳动妇女作结

母亲并无怨悔

脸上的肌肉因忍受疼痛而抽搐

此刻，一个儿子的爱远不如一针毒品

我在奇缺的杜冷丁中小心翼翼地注入孝道

我又看到了母亲的平静

看到她额头舒展的皱纹像新耕播的田垄

关闭的窗户已经挡不住空气的升温

和旷野传来的浓浓清香

柳树绿枝丫上麻雀叫闹得正欢

五月蓬勃生机簇拥着死亡

母亲在药物的麻醉中睡着了

在她获取安宁的片刻

我不得不在痛苦中预先盘算

迎送死神的礼节以及简朴的葬仪

这段日子白天总是很短

几乎不能依赖阳光抵消内心的恐惧

夜里，昏黄的白炽灯挑着有限的照度

我眼睛错也不错地盯着母亲的呼吸

害怕不能在她咽气前

为她穿好殓衣

为她擦拭脸上的灰尘与汗水

为她理顺灰白的发丝

死亡是这样的具体

我握着母亲的手

却不能不任由死神选择时辰

带走母亲的脉搏

现在，除了必需醒着以外

一切都得听从死神的安排

他站在黑暗中指挥若定

在母亲还没尝尽人生之苦以前

他清廉得不放过任何一次折磨

母亲已经没有抵抗的力量了

伟大的意志成了死神残酷折磨她的筹码

又一个黎明升起来

扩大的光明后面黑暗离得更近了

我的心在黎明的压力下骤然收紧

亲属与乡邻计划的播种停了下来

土豆在筐里焦急地长着白芽

为此，母亲开始绝食以祈求早死

她咬破嘴唇拒绝哪怕一滴水

母亲的呼吸愈来愈艰难

她的肺因营养缺乏而衰竭

直到她抽搐的身子松弛下来

孩子们的哭声使凝固的空气开始流动

这一天，正是六一儿童节

2000 年 10 月 25 日

# 凭空说出有深度的话是容易的

凭空说出有深度的话是容易的
一面大镜子生出十面小镜子
每一面小镜子又生出若干小小镜子
一个人被众多小小镜子埋没
只露出一双眼睛
惊恐地四顾
他的脸被镜子瓜分成若干部分
无规则地堆积
相互争夺、遮蔽、挤压，甚至彼此仇视
我站在一副公牛的头骨前
对比自己的脸型
雪白的骨质和深深的眼孔
超出了一切平面的反光
所有依附的部分都剔除干净
皮毛、肉和血管，以及神经
纯粹的骨头，纯粹的形式胜于水银

一个词，深度来自死亡

犹如一个人向井底喊叫

带有石头原始的共鸣

长着苔藓的井壁说出饥渴

我们的饥渴


2000 年 11 月 1 日

# 和魔鬼的简短交谈

1999 ~ 2002

"开始吧"，我在对你说话时
　　　也是对自己说话
我看不到你，就像我看不到自己的后背


　"来，请坐"
　　对我说你的光临没有意图
　正如你手中黑色的玫瑰
　　无缘由地散发芳香


　　我相信，是的。你说得对
　　吊得越高的灯可能越不是灯
　而是装满死人头发的火盆


你无形，因此你无所不在
　　　所有有形之物都是你的化身
像光一样显现或消失，像风携带着死亡的温度
　　撞击，摇撼，覆盖

撕裂的瓦片上写满咒语

　　那可是你的诗句？

　　用拳头敲打地下的棺材

如同敲击一面铜鼓。可能我理解偏了


　　你在鸟儿沉睡的时候

　　到它的梦里欣赏啼鸣

　　欣赏飞翔　可能我嘴中的酒气

　　让你对活人失望


是的，我不否认——

　　嗯——还不只这些——

　　那当然——

我记住你的提醒：不谈经验以外的话题


　　你握着火把

　　而不让我看到它的亮度

当我恳求时，你说：
真想看到火焰就先揉碎自己的眼球

我闭上眼
让自己对光的渴望在心里
粉碎
我看到了你高举的火把
竟是一团死灰

你蔑视地看着我发出惊叹
像枯竭的水蔑视一条鱼的
惊恐
像一座坟墓蔑视
眼泪
平静而冷漠　　残酷而真挚

黑暗开始扩大

从灯的中心向外扩散　寒冷回到心里

我渴望的交谈中断了

撩起窗帘的一角

我朝夜里张望

沉寂笼罩着大地　而星星闪在空中


我听到一个声音

复述着我最初的话：

"我对你说话时也是对自己说话

我看不见你时就像看不见自己的后背"


2000 年 10 月 31 日

# 今天，我听到一个诗人
# 自杀的死讯

今天，我听到一个诗人自杀的死讯

像听到雪落到地上的声音

熟悉的鸟鸣从电话里消失

五月静止在眼里

纸上的文字在天空乱飞，如同一群乌鸦

它们绕着洁白的雪地

搜寻可以充饥的心灵。五月

把一个人自杀的死讯封锁在一枚果核里

这善意的封锁

使得干瘪的死亡长成水分充足的梨

今天，我们吃着梨，怀着对水果的喜爱

咀嚼死亡的甜味

死亡来到我们中间，就如

一条蛇缓慢地爬行在草丛中

像一封写有不详之音的信件在路上周转

随时投寄到你的手里

一些蛇盘踞在思想深处

我的心已经是一座蛇岛

不知道哪一次问候会变成临别遗言——

2000 年 1 月 2 日

# 夜绷紧了他的神经

夜绷紧了他的神经
风惶惑地四顾　躲闪壮大的黑影
忧郁的脚步连接起不相邻的街道
老虎的目光在霓光中一闪就消失了
回到被腐朽掏空的树心

寂静无端扩大他的疑虑
像一根断弦弹出的绝响

2000 年 11 月 6 日

# 芝诺和他吃不完的一粒葡萄

来吧，芝诺，如果哈尔滨的深秋

不曾让你感到冷清

坐，能否和我说说

你是怎样咬掉内亚尔科耳朵的

你这个不愿做奴隶的家伙

亏你想得出用耳语的骗局靠近僭主

你知道吗

在爱利亚你居住的地方

人们一直铭记着：芝诺是个好人

那么，和我谈谈你的哲学

谈谈阿基里斯和乌龟的故事

或者，关于灵魂构成的四种元素

最好用汉语，说得不流利没关系

对了，你能否证实一下

柏拉图记载的

你和苏格拉底的辩论是不是真的

不过我要告诉你

博尔赫斯的《沙之书》可是你思想的翻版

你看，我只顾说话

忘了招待，来吃一粒葡萄

地道的东北品种，粒大肉甜

不过，我只为你准备了一粒

按你的理论，一粒就是无穷啊……

2000 年 10 月 12 日

# 甘蔗和它的渣子

甘蔗和它的渣子是两种截然不同的事物
它们之间的差别和汁液无关
我不习惯从渣子中复原一株甘蔗
也不习惯从甘蔗中看到它必将分离的肉体
我在两个间隔的时间段里分别面对它们
是的，那一刻，甘蔗是一个瞬间
渣子也是一个瞬间，就这样
两颗仇视的心交相成为我的陪伴
这是一种与糖无关的厮守与躲避
在甘蔗和它的渣子提供的空间内
爬行或假寐，枕着虫卵
（你无法理解，所以你尽管嘲笑）
而我需要一株甘蔗，它敏感而坚挺
我也需要它的渣子，给我松散的安慰
好了，你看我并不想抓住什么
我独自站立着，但我随时准备接受堆积

2000 年 9 月 28 日

# 我目睹一顶帽子的敏感

我目睹一顶帽子的敏感
我目睹头上缥缈的云引发的争斗
天空仿佛为作乱者而宽阔
多么富有气度的蓝色
慢慢地溶解我们心中的狭隘
一顶帽子超出头脑的边界
它庞大的帽檐必将遮蔽视线
瞧！这些乌龟、甲鱼，还有蜗牛
这些局限在帽子下的爬行者
它们再也不能回到空中自由飞行

我目睹你把帽子做成了风筝
我目睹一顶帽子逆风而飞
它的别致与轻盈
招徕许多仰视的目光

2000 年 9 月 29 日凌晨

1999 ~ 2002

# 城市里的旧物市场

一只旧瓷猫趴在地上思考着
它那根带有工艺品特征的胡须
从来没有触碰过老鼠
这令它困惑，它苦思冥想
如何能够让自己卖上一个好价钱

与瓷猫并排放着的是一件婚纱
看上去它并不旧
仿佛丝线上还保留着新娘的体温
人们在它跟前打量、触摸
然后摇头而去

抢手的大多是些生活用品
譬如：铝锅、羽绒服、扳手等
这些具有使用价值的物品
总能点燃穷人的希望

偶尔也有些怪人

寻找风筝和鸟笼、老式挂钟

或一本万年历，从不讲价

大度得让你难辨是穷是富

他们在一件真正的废物面前

兴高采烈，爱不释手

2000 年 10 月 8 日

# 午后的就餐者

空荡荡的大厅里我是唯一的食客
女服务员操着地方口音，样子很纯朴
午后的阳光透过挂满水珠的玻璃
照射进来，朦胧地
看到窗外的人们在走动
我刚刚从杂物中间把自己解救出来
从晾衣服的绳子和天花板的裂缝中挣脱

熟悉的事物让一个人的感觉老化
但你不得不学会隐居，藏身在
墙壁的平面和家具的几何结构之间
有时你抬起目光搜索一只灰色的蜘蛛
看着它凭空吐出黏液并将墙角切分
我承认我想搜索一个亮点
或者一种原始的声音，像河流的源头
雪山的缓慢融化，在可能的形式下
时间会验证一个假设的脆弱程度

我从未说要信守什么，我只是经历
在可有可无的过程中存在或消失
雕像与墓碑，诗和一颗心脏
递减的跳动。我不属于这些
我更应该待在陶器的碎片中间
或者尘埃中，更应该待在地狱
为那些倍受煎熬的灵魂烧火


“先生，你吃点什么？”
“随便！”


我的目光被鱼缸里的鲫鱼吸引
心里产生要吃鱼的想法
但转念又觉得无味
或许是出于对厨师水平的不信赖
女服务员用生硬的语调向我推荐那条鲫鱼
她说：“瞧，他游得多欢，肉鲜着呐！”
随即她快速地说出一系列有关鲫鱼的菜名

那条鲫鱼全然不知一米以外

正进行着对它命运的盘算与裁决

它不停地吃着气泡，满足地浮在水上

我一时想放弃做人，因为

人的牙齿上都挂着另一个人

身上的肉丝


"先生！请喝茶"

"谢谢"


"大道无形"，"至人无己"

还是庄子知鱼、知己

两千多年前的茶叶在水中缓慢地溶解

快乐是一缕云烟，源于逍遥又归于逍遥

可以追随却不可挽留

我至多是众多遭受雷击的树木中的一棵

挺立与焚烧全随天意

"先生，你的菜齐了"

"噢！谢谢"

"齐了"这个词很妙，它居然构成尺度

并且可以是相对的，也可以是绝对的

桌上齐了的饭菜可是一个人需要的大限？

假如我老了，时间将端给我什么

才能使我愉快地听他说出：

"先生，您的菜齐了"并满意地

将最后一餐吃完？

2000 年 10 月 28 日初稿，11 月 2 日改定

# 我在白色的斑马线前止步

秋日施舍着它的暖意，受惠的叶子

在树枝上享受最后的安详

并把垂死的信号谨慎地传递

我走在中山路上

一条封闭却有无数出口的交通干道

铁栅栏像一双强制的手把两个方向分开

车辆和行人从一些岔口

拐入城市隐蔽的角落，如同一个人的神经

偶然走神，敏感于一些细微的事情

我低着头走，看着自己的每一步

正好迈过三块方砖

这样右脚总是踩在绿色的砖块上

路边，环卫工人正在清理枯萎的花草

我想象着一片绿色的海水从脚下的方砖中

蔓延开来，我在水面上漂浮、游移

顺着海浪的趋势，包围在浪花与泡沫之间

我听到自己脚步发出的嚓嚓声

像一个人不经意的哮喘，微弱、含糊

一些影子在我身边经过

超过我，或走向我的背面

偶尔，有些叶子流落到路上

当我踩着它们，我听到

它们粉碎的骨头齐声合唱

风如同狂热的歌迷在我抬起脚的刹那

迅速地以最大的爱将它们的微笑

撕碎、分享

我不知不觉成了一个麻木的人

当眼前的红灯亮起

雪白的斑马线让我漫不经心地游走止步

这时，我看到一个陌生的女人

面无表情地从身后走上来，站在我的左侧

和我一起等待前方的绿灯闪亮……

2000 年 11 月 1 日

## 削苹果

就这样用刀削一只苹果

最初你想去掉它的皮

谁知去掉皮的苹果仍有一个表面

于是你不断地削，就有表面不断地呈现

你已经不是为了吃在削一只苹果

你是在为了发现新的表面削着

直到一只苹果小到容不下刀刃


2000 年 6 月

# 从空白处下手

老实说，我精通这门手艺

随便地剪切、折叠，或把空中的一条线弯曲成弧形

上午，人的精神总是很好，旺盛得幻想作恶

对！幻想，我说的是作恶。不，是幻想作恶

这有什么好掩饰的？来吧，我们一起干

首先从空白处下手，再从空白处剪切、折叠

这是一种严肃的工作，和恋爱差不多

你将看到两个自己从回忆中走来：

一个是恋爱过，却从未满足过

一个是满足过，却从未恋爱过

我们不可能用一堆泥同时捏造两个上帝

假如，我们只有这一堆泥，并且

只有这一次的捏造机会，你说你会捏造撒旦

不，这并不出乎我的意料

撒旦有什么好惊讶的，况且他是泥捏的
现在，我们意见一致了
无论是上帝、还是撒旦，他们都是泥捏的
现在，我们开始工作吧
首先从空白处下手，然后将虚无剪切、折叠
直至把一条空中的光线弯曲成弧形

2000 年 1 月 7 日

# 留在河床上的脚印

在河水浸润的软泥上
踩下的脚印瞬间弥合，你走过
河水随即将凹凸的痕迹抹平
老赫拉克利特说得不错
你被河流分解成无数的沙粒
淤积或随波滚动
这是多么难得的机缘，你不再考虑
该不该停下来，或转身返回
期待总是有的，也仅仅是期待而已
穿越河道上的红柳时
你体验到了脚被刺破时的疼痛
血反而滋养了红柳，这就是感激
以一粒沙子的平静
面对阳光、水草以及大海

以一粒沙子的平静

面对河床的破碎、丑陋和静止

如同不回避自己的恶念和愚蠢

像一条鱼

水在哪里干涸就在哪里葬身

2000 年 10 月 11 日

# 老虎的午睡

历史对失败者
可能叹气，但不会支援和宽恕

奥登

倦怠沉积在骨骼上，锈蚀的栅栏耸立着
金属的俯视。行走停下来
一双眼睛在秋天衰败的草丛中绝望地闭合
阳光直上直下地照着
目睹一颗雄心缓缓入睡，在梦中复苏

时机还不成熟，磨难还没能把老虎的目光
打磨成利剑。它的怒视
还要在平庸的眼神里消磨很久
一声惊天动地的咆哮在忍痛中酝酿
在石头一样的沉默中酝酿

我们一同等待着，从未对此丧失过信心
来自眼睑深处的环视拒绝同情与施舍
当冬天的山峦被死亡的冰雪覆盖
老虎的呼吸将在空气中结霜
它腾跃，觅食，携带毛管中的黄金散步

被栅栏圈定的范围将作为栅栏的墓地
老虎的牙齿最终要和金属作一次较量
和豢养决裂，带着王者的尊严归乡
凭吊者将在怀旧的情绪中修补栅栏的缺口
并惊讶地看到老虎趴卧的地方寸草不生

                                        2000 年 11 月 2 日

# 最后的班车

从夜的深处
最没有依附的地方
抓住把手，黑暗正被一台机器
驱动着，经过预设的站点
抓住把手，尽管这不过是空想
总可以抓住类似的东西
譬如折断的树枝，或一杆秃笔
抓住——这是今夜对抗抛弃
最有力的行动。是的
这样的行动中存在欺骗
因为，月光下树影在晃动
水流的声音又太滑
但你看清，道路向前向后

1999 ~ 2002

都有拐弯。它只是经过广场

和一些繁华的路段

最终将到达角落。那么就抓住

角落的把手，让一面

静止的墙把心带到天亮

2001 年 11 月 12 日午夜

# 吸管中的饮料

吸管陡峭而弯曲，一条
半封闭的隧道
连接着词与物，想象与现实
并把它唯一的出口
朝向深层的焦渴
这是一个干燥的冬天
树枝黑得仿佛生了一层铁锈
我站在窗前
用呵气使玻璃结霜
瞬间会有一小片湿润
但很快就挥发得没有痕迹
我手里托着一只杯子
它透明而空虚
我在沉默中掂量着
沉默的重量

我听到

不远处一间房子里

传出从内向外的敲门声

（那声音

或许就来自我的内心）

犹如空洞的水桶对井壁的

撞击

2001 年 11 月 18 日

# 倾听教堂钟声

下雪了，教堂钟声

穿过地面的嘈杂

到达一定高度后与自己分手

从唯一的核心裂变出

自身的叛逆——水晶

把庄严的震撼转化为

散漫的飞舞

并带着返回的欲望

扑向原野和道路

扑向石头和铁皮屋顶　嘈杂

静下来悉心聆听

雪山因此有了呼吸

河流因此有了源泉

当灵魂在灵魂中洗濯

表白显得多么贫乏

此刻，我的发梢上结着冰碴

就在头顶，就在天地之间

锡箔加入了流动

还有蜡和火焰　我就在

火焰的内部

漫无目的地行走着，我看到

码头在火焰中漂移、上升

在那里，无数的眼睛

眺望着彼岸

2001 年 11 月 11 日~18 日

## 柳树和小溪

我熟悉这样的景物，尽管我说出
这一切时，身在另一个地方
我曾在它们中间游戏、成长
那是在村外，柳树稀疏地分布着
有的挺拔向上，有的被截断了头部
从截面处又旁生出许多枝干
本能地斜伸向空中
仿佛在树的身上又长出许多树
小溪从树林中间流过
一条浅浅的小沟，可以看见
水底的沙粒在随波滚动。阳光
透过绿荫照在小溪上，波光闪闪
并反射到柳树墨绿的叶子上。有时
会有一两头牛
在缰绳控制的范围内吃草
而在小溪的岸边，鸭子们习惯
用嘴梳理自己的羽毛……

2002 年 3 月 8 日

# 在秋天的芦苇之中

公园凄凉得没有几个人
我们穿过那些显眼的风景
来到一个向阳的斜坡，不远处
是一条从松花江里分流出的河流
它环绕着小岛，（人们叫它太阳岛）
在枯黄的草丛中铺上报纸
然后在那里打牌、喝酒，谈一些不着
边际的话题，譬如：芦花、鱼
和天上的白云……

2002 年 3 月 10 日

# 水 塘

洪水过后留下的水塘是公共的乐园
荷花静静地静静地拔高
青蛙在水草下面产卵，在月夜合唱
水蛭拖着黝黑发亮的皮肤在水里
上下乱窜，同时，孩子们一丝不挂地
在这里野浴

2002 年

# 蓖麻灯

屋后的蓖麻长到墙根里，那一小片园子
格外阴郁。跑到那里的小鸡经常被黄鼠狼
吃掉。到了深秋，蓖麻成熟了
它圆实的外皮干裂后炸开，像是
诡计经不住时间的考验
而最后不得不自己撕破面纱
它的籽粒是黑色的，间或有些浅灰的花纹
那层外壳很硬，如同脸盆外面的那层陶瓷
剥掉这层硬壳就是蓖麻仁了，白白的
饱含着油脂。用线把蓖麻仁穿起来，点亮
就做成了蓖麻灯。它的光很小
火焰也特别的微弱，对着它叹一口气
都会让它熄灭

2002 年 2 月

# 在山坡的向日葵地里

在山坡的向日葵地里，一个少年
推着独轮车在割草，阔大的向日葵叶子
为他撑起一把把小伞，他汗流浃背
偶尔坐下来，吃着还未成熟的葵子
葵子的皮还是白色的，籽粒就更嫩了
仿佛是薄薄的膜包着汁液。那时
少年还不知道置身的向日葵地有多美
他在割草之余朝着山脚的公路眺望
想着什么时候能不在这向日葵地里割草
现在，他坐在城里的一间楼房里
（他离开向日葵地已经二十多年了）
越来越懂得那片农作物的魅力
却没有机会生活在它们中间

2002 年 2 月

# 我选择一条你们不赞同的路

我选择一条你们不赞同的路，一条小道
沿着它，我离开群体直到无路可走
除了把一条路走到极端
我不知道还有什么地方更值得驻足

我需要孤独
正如波浪靠自己的手
把自己推向边缘
我不希求自己的选择是对的
对他人是一种引领
我不再是链条中的一环

2002 年 2 月

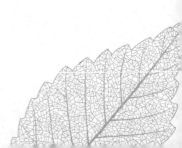

# 它在挣扎，但我听不到它的呻吟

我坐在晨光下剪着指甲，四周不时
回响起"砰"、"砰"的关门声，这声音
让秋日的天空显得更加空旷。我低着头
一只很小的黑蚁在往洞里拖同伴的尸体
它显得吃力而有耐心，仿佛正在为自己储备
过冬的粮食。这时，一双粉红色的高跟鞋
从蚂蚁的身上踩过，我抬起头看到一个少女
的背影云一般地飘过我的眼前，直到
她消失在大楼的拐角处，我才想起地上的蚂蚁
我看到它的肚子破了，样子很痛苦
它在挣扎，但我听不到它的呻吟……

2002 年 2 月 22 日 ~ 3 月 7 日

# 在山谷里（组诗）

## 在山谷里（之一）

有时，失掉的时间可以在纸上恢复

譬如此刻，我回到 7 月中旬的某个晚上

我，一个孤独的漫步者，沿着

紧闭的蚌壳边缘，寻找进入山谷的小路

音乐从草的根部传来，伴着

植物生长的节奏，悠扬而舒缓

在音乐中，我梦想自己是一只豪猪


就像铁梦想自己被冶炼和锻打

我宁愿舍弃一顿美餐，舍弃蚌壳里的鲜肉

站在我自己的碎片中深情地眺望

而在另一方，山谷深含着一枚珍珠

不轻易吐露。或许我不过是在臆想

正如一座金矿越挖越大，越挖越空

金子需要回到泥沙里，而语言需要返回沉默

2001 年 7 月 24 日

## 在山谷里（之二）

在床和电脑之间，山谷呈 V 字延伸
我打开一本书，那些被压皱的纸张
无法重新压平，如我和镜子中的影像
平面与平面彼此变得陡峭，偶尔
一杯茶散发的热气勉强将沟壑遮蔽
这让我可以安心于原地踱步
并期待陶罐里腌制的萝卜奇妙地发芽

从发霉的夏天到一碗变馊的剩饭
山谷里的空气越来越稀薄
我点燃一支烟，试图让晨雾缭绕
但我看到一些灰烬飘过眼前
早晨和晚上的灰烬并无多大差别
有的融入血液里加剧了血管的硬化
有的落到骨头表面导致骨质的松软

我知道下陷是必然的，可能坟墓

会越埋越高，但泥土将向低处流失

石头将向低处滚落。开在天上的门

需要我们经过地下通道进入。此刻

是晚上 11 点，我在床和电脑之间原地踱步

但我正走向山谷，我已经听到空山的鸟鸣

和如我一样饥渴的牛虻的嗡嗡声

2001 年 7 月 25 日

## 在山谷里（之三）

沿着凹陷的斜坡，我探测水退去的路线

或者，遗址荒凉的年限。死亡与快乐

都不曾留下他们的证据，我的到来

丝毫不能改变已有的空白，或许

我腐朽的呼吸从此使这里的鸟儿绝迹

我知道自己的冒险是对狂妄的助长

现在，所有的知识和经验都成了孽源

在找水的路上，我一直受死亡的指引

受卵石间贝类的碎片和火焰中鱼群的指引

我虔诚地跪拜每一棵滴淌汁液的桦树

现在，我看到了必须有的止步和敬畏

我不得不停下脚步，望着水的遗址

远远地在心里烧香祭拜

面对它日益加剧的荒凉和空白


2001 年 7 月 19 日

# 牧神的午睡（组诗）

## 1. 牧神的午睡

你枕着一捆青草

躺在石板上

当你醒来，青草

已经枯黄

耳边只剩下

断断续续的风声

最后一只羊开始下山

在山脚

马群来到小河边饮水

然后，跨过对岸

散漫地向天边游荡

2001 年 9 月 29 日

## 2. 夜里造访伊维尔教堂遗址

这是个事实

但无法直接说出

灯光

从来不是

黑夜最好的伴侣

此刻　我的心

和眼前的废墟一样

期待有一群蝙蝠

在静寂中乱飞


——乱飞

黎明也不停息

黑色的翅膀扇动起

钟楼上的灰尘

——那里的灰尘该有多厚啊

让我的呼吸

感到一阵阵憋闷

2001 年 8 月 24 日

### 3. 芦 苇

这一刻和下一刻
芦苇在两片水域里散步
鹭鸶修长的腿是它沿循的路线

它静止但从不停顿
在天空，芦苇的叶子弯曲　舒展
浮云之中，它多余而缺乏

那是一些离开地面的脚印
在不可能有的落脚点前
空虚一节节拔高

2001 年 8 月 26 日

## 4. 阴雨绵绵的早晨

阴雨绵绵的早晨，天棚空荡
昨夜跳到屋里的蟋蟀
此刻躲在鞋里，停止了歌唱


我坐着或走动，风在窗口迂回
它进不来，不
它能进来但出不去


能出去也是面目全非
那不再是风
而是湿漉而低垂的树冠

2001 年 8 月 22 日

## 5. 秋天，风穿过风琴的音箱

话语穿过我的嘴

麻雀穿过村庄周围的麦田

阳光穿过叶子的守望

子弹穿过胸膛

风穿过风琴的音箱


2001 年 10 月 1 日


## 6. 总会是这样的

总会是这样的

躺下，安静得一声不响

两手摊开，不想抓住任何东西

譬如最后一缕光线

或亲人的手。然后

在火焰中缓缓上升

如果抬头就将看到

一片烟云是最干净的遗产


                           2001 年 10 月 4 日


## 7. 秋　雨


我躲在城市的楼房里

看秋雨飘落

此刻

我感到千里之外

向日葵阔大的叶子

在抖颤


                           2001 年 10 月 4 日

# 镜子或古老的地图

夜幕低垂，水银剥落的镜子

呈现出古老的地图

没有边界和年限。看上去

树木和山川同现在的

没什么两样

村庄和城堡仅仅有些破损

只是通往它们的路都已经消失

在此之前

有一双神奇的手

取消了图例与现实的对应

可以走的桥都处在断裂之中

就像今夜，一双眼睛

找不到对应的蜡烛

一面镜子

找不到可以反光的墙壁

我能做的有限，为了填补空虚

用手指在镜子上反复画一条鱼

我知道

镜子上不会留下任何痕迹

但每一次，我的手指

都仿佛感觉到银河之水的流动


2001 年 10 月

# 乡下猫

闭上眼睛，我看到了从前

在乡下

夜晚静得只剩下了天籁

猫穿过树篱笆的缝隙

小心谨慎地朝着谷仓走去

它的眼睛闪闪发光

像两颗宝石

它熟悉篱笆的每一处疏漏

并能区分出

粮食的霉味和老鼠的臊气

它的行动

孤独而诡秘，为此

它常常因自己不小心弄出的响动

而惊慌

2001 年 10 月 26 日

# 在霓虹桥的斜坡上

我在两个斜坡之间徘徊，冬日的阳光
冷淡而疏远。漫不经心的散步
成为连接两种言说的桥梁
圣·索菲亚教堂的圆形屋脊像少女的乳房
隆起在灰色的楼群之间
她让我想到莎乐美
一个穿着裘皮大衣的俄罗斯美女
想到被她迷惑过的尼采
这二者就像两列对开的火车
从我的脚下穿过。沿着既定的时间和线路
开走的火车又回到了原处
它们卸下托运的货物和那些乘客后
成了一堆疲倦的金属，毫无激情
借助睡眠把没有终止的重复延迟
就像报界大楼的换气扇鼓动着机械的肺叶
以此填充一座建筑内部的空虚
而所有的空虚都是一种强大的存在
是一种力，洪水或飓风的涡流

是隐秘的意图和看不清的界限

像饥饿和倦怠

在老虎半睁半闭眼睛里交错与汇合

它表现出少有的文静和慈祥

仿佛也受了良好的人文教育，趴在地上

虎鸡两忘，虎牛两忘，面对双重的笼子

视有为无，视死如归

想来一切都难逃脱自身的演变

广告牌上红梅开成口感丰富的味精

四季不谢。在炒菜的时候

我习惯放一点味精，因为我喜欢红梅

它是我最早接触的一幅年画、一首伟人的诗

一个叫红梅的女生。上小学时

她坐在我的前排，我常常让视线

迷失在她乌黑的发辫里，那时，我十二岁

十二岁的爱情如同初级阶段的经济关系

是含糊的、目的不明的、缺乏经验和秩序的

我不知道如何把一种朦胧的感觉说出

清晰的如同钞票上的面值，我不知道

十二岁就开始手淫会不会影响生育？

那是一种摸着石头过河的生活——摸着

仅仅提供一种手感，你没有全然的把握

是一种似有似无的依赖，或支撑

每一天都是伴随着恐惧和侥幸而过

期待叫红梅的女生知道一切又害怕她知道

这并非是一种痛苦，而是一种病、一种罪恶

它们在我的心中粉碎、过滤、提炼、结晶

然后溶解到我的梦里，这么多年

控制着我每一锅汤的味道。是的

你不能自由地品尝，也不能品尝自由

把记忆当成一杯茶、一壶酒，不想喝的时候

倒掉，没那么容易

从懂事起，你便迷恋一种盖房子的游戏

最初你用沙子建造，建好了就摧毁，毁了

再建，直到你没有资本来玩这一游戏

这时才发现你需要一幢永久性的建筑

而你却拿不出合适的材料和场地

这导致了我在两个斜坡间徘徊，冬日的阳光

冷淡而疏远。漫不经心的散步

成了连接两种言说的桥梁……

1999 年 12 月 22 日

# 巴门尼德的马车

把手伸过来，抓住缰绳，对，轻点

像第一次握着心爱之人的手

或她的发辫，你会适应的

虽然你从未独自驾驭过一驾马车

去哪，这并不重要，是的

你只需用心感受马车的颠簸、震颤

现在你成了它忠实的乘客，成了

四匹马的同行者

你用不着辨别四匹马的毛色

那会使你陷入虚无与困惑

只要想一想马尾在风中飘扬

你的思绪便也随之飘扬

不，你依赖马车的引领是危险的

它可能始终停止不动，在原处——

古希腊或罗马的什么地方

但它被指定作为你的伴侣—— 20 世纪末

哈尔滨一位诗人的交通工具

1999 年 12 月 21 日

# 博尔赫斯的迷宫

实用主义者看来，这些迂回的走廊是多余的
因为它妨碍抵达。我知道人们需要的是一条捷径
就像恋爱的过程最后简化为上床
让自己陷入迷宫以便考验一下自己的智慧
这可不是人人爱玩的游戏。如果
你从不迷恋神秘，你厌倦未知的一切
你不喜欢在不确定中感受事物多种发展的可能
这将说明什么？当然，没人会强迫你
站在巴比伦国王和阿拉伯国王之间
裁定谁是真正的智者，但是你必须对沙漠和迷宫
做出选择，你会感觉到这一选择的命定成分
这是多么具有讽刺性的事件，你想为自己建一座
殿堂，竣工后发现他其实是一座迷宫
你设计了许多门和走廊
是为了不让人们轻易地找到你，结果
却让你自己在感到孤绝时找不到出口
同样，在你厌弃智慧创造的多变的形式后

你背向它选择了平易和简洁，直到走向沙漠
这一次，你没有被多变的形式所困
却在茫茫的沙海中因枯燥饥渴而死

1999 年 12 月 23 日

# 淘　金

这些行动最终归结为过滤和发现
语言开始简化，表达渐渐地趋于沉默
太多的时间流入泥沙，耐性是何等的珍贵
最后剩下的并不全然闪光


一种原始的工作维系着原始的恋情
金子从来不是目的，它更像尺度、像价值
淘过的人都知道金子是不可抵达的
我们总是位于接近它的路上


淘金是纯粹自觉的过程，挖掘的深度
多数是在灵魂中延伸的，金属的质感
越来越不可触摸，不可掂量。重心牵制着
轻浮的行走。足迹显像出被金子花掉的一生

最为值钱的是无法花掉的部分，它稀有
但无用。空间在缩小，呼吸凝固着，沉积着
太多的嘴里、眼里被泥沙覆盖
那一声有力的心跳如何成了不可求之物

2000 年 1 月 11 日

# 事物总有朝下的一面

脑袋因为神经的弯曲而低垂
那一根线
自我分解，从一个斜面上滑落
又断裂成无数的盲点
从裂开的嘴角流出的
是些口水，断断续续滴淌
我并不习惯仰视，因为眼珠
也不过是一粒尘埃
看到的和感受到的效果一样
麻雀在天上飞翔却把它的屎
拉在人的脸上
雀斑的密度重现出群鸟死亡的影子
这样说或许不够准确，雀斑
不是历史的遗痕，而是未来的征兆
鬼知道，镜子里的脸为什么苦恼

水银为什么剥落

事物总有朝下的一面

因此，物理隆胸成了新时尚

我想象着硅胶的弹性和一个词

可能有的光泽在肉体里的掩埋

2001 年 4 月 5 日

# 六顺街 121 号

1999 ~ 2002

马老师扶着打开的房门感慨地说
我总算有了自己的房子！


他一直居无定所
是这所房子让他奔波至今


他把所有的积蓄都拿出来装修
试图把家设计成天堂


就在房子装修结束的那天，他摔倒了
医院诊断是胃癌


他没来得及住进新家先住进了医院
直到在病房里熬到剩下最后一口气


那一天，他使出全身力气说：
"我——想——回——家——看——看"

家人把他抬回来，他望着华丽的四壁
眼睛里闪过一丝喜悦之光

但只是一闪就永久地消失了
医院开出的死亡证明简单而潦草：

马志奇　男　教师　终年 55 岁
……

1999 年 12 月 4 日

## 玻璃球游戏
### ——给小海


两个孩子在玩玻璃球游戏
一只玻璃球滚到了河里

游戏没有结束，一个孩子
跳入到水中，他要找到那只玻璃球
以便用自己准确的一弹将其击中

岸上的孩子等呀等
他想：该轮到自己弹球了
也跳进河里

在河底，流水弹击着卵石
和他们轻盈的尸体一同滚动

没有人发现那两个孩子的行踪
河水不停在流，一直流到大海

2002 年 10 月 29 日

# 我进入到一间黑暗的屋子里

我进入到

一间黑暗的屋子里

我指望走出去

但行走无济于事


它无限大，并且

我走，屋子也跟着走

我只好坐下来

放弃走出去的想法

任由它无限


我点燃一根蜡烛

守在一个点上

用手罩住火焰

不让风将它吹灭


2002 年 11 月 11 日

# 大雾弥漫

回家的路在两片玻璃之间消失

有人被困在望远镜里，就像

整座城市陷入巨大的洞穴之中

没有什么是清晰的，除了面具上

朦胧而弯曲的弧线。我和自己也仿佛隔着

几座山。大雾弥漫，我拎着一条鱼

鱼在塑料袋里挣扎，伴我走过闹市


这是多么难耐的时刻，灰暗的光

足以刺穿心脏，在雾里

眼睛的光芒被流动的水气掏空

只剩下迷乱的张望在混沌深处缠绕

我想看清迎面走来的是不是我的邻居

他却躲避幽灵一般地逃开了

我发出一声干咳，只为证明我是一个人

手中的鱼依旧在挣扎，它让我感到了饥饿
那是肉体必须面对的空虚和疲惫
平时我总想，最好是走着走着
就变成一片云彩，但此刻却恰恰相反
我需要用手中的鱼做一顿丰盛的早餐
吃饱后，我好有体力坐在窗前等待
等待阳光重现……

2002 年 2 月

# 风在流动

风在流动
它不在这，也不在那
它在每一个地方
悄悄地上路

它贴着地面行走
脚步声却在钟楼的
尖顶上回响
隔着沙漠和古老的城池

它掀动我的窗帘
掀动我桌子上的书页
流动于呼吸中的风
同时正流动于海上或山谷间

风！
当我叫着它名字的时候
我看到石榴树开始摇晃
石榴开始变红

2002 年 2 月

# 什么在悄悄地消失

柳树稀疏地分布着
它的绿荫融进我的头发里
我的头发飘着
发出柳叶的沙沙声

什么在悄悄地消失
当柳树的身下没有河流
当河流中没有太阳的反光
我没有感觉

我没有感觉，因为
我不知道什么是我的
正如那些鸟飞来又飞走了
柳树只颤动一下

2002 年 2 月

# 我和水走在同一条弯路上

水绕过卵石
我绕过一条河流
我和水
走在同一条弯路上

我朝山上走，水向低处流
走到山顶才看清
我应该去的地方
正是水所汇聚的地方

现在，我置身河里
水绕过我的躯体
我绕过了一座山
我和水走在同一条弯路上

渐渐地，水将淹没我

阳光依旧会照着河面

我不在一点消失

我消失在整条河流之中


2002 年 2 月

# 在我举着地图的两手之间

在我举着地图的两手之间
在两片
飘动的叶子之间
月光没有边界

地图没有边界
四周的墙比纸还轻薄
我听到两片叶子
隔着千山万水在互相低语

2002 年 3 月

# 扛着梯子爬楼的人

上楼之前，我已在楼下徘徊了很久

为了找到一架梯子，扛着它

如同扛着自己的肋骨

一层一层地向楼上爬

楼的高度不足以通天，这让我

坚信梯子总会派上用场

尽管那几根木头快干枯了

但它绝没有轻得可以忽略不计

最初，我的注意力不在梯子上

走到半空

向下看、向上看都感到晕眩

向上还有楼梯，至少还可以走上去十层

梯子渐渐地显示出它的压力

已经付出的劳动让我迫不及待地

把梯子派上用场，而唯一

用上梯子的可能就是无路可走

那样自己也许到了绝境

也许借助梯子意外地到达天堂

1999 ~ 2002

我一门心思把楼梯走绝

终于到了顶端，再向上就是蓝天

白云飘浮，看上去离我很近

尝试把梯子搭在云端

可我想尽了办法

也找不到搭靠梯子的支点

我不得不一直扛着它

仰望白云……

2002 年 11 月 9 日

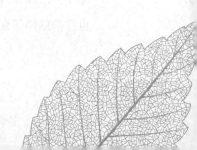

# 2003 ~ 2007

他弓着腰从泥水中拖自己影子
没有胜利或失败，累了他洗手
清点手中稀碎的鸟语
寂寞时他听墙，听斧子
无处能去。他在望远镜里游春

《春天挽歌》

# 春天挽歌

——给叶青

毒蜘蛛在花园小径上结网
它异常活跃，满怀欣喜
河流奔淌着
被自身的紧张推动向前
直到耗尽自己不驯服的脾气

那个连夜赶回家的人
面目模糊、可疑
站在雨中遥望隔岸的灯火
他同时走在两条路上
两条路的方向正好相反

每时每刻都有叶子枯萎
从一架老式钢琴里脱落
他自言自语。他沉默
在一个堆放缸的货场
传来电子合成器刺耳的演奏

他弓着腰从泥水中拖自己影子

没有胜利或失败，累了他洗手

清点手中稀碎的鸟语

寂寞时他听墙，听斧子

无处能去。他在望远镜里游春

2003 年 5 月 13 日

# 阁楼里的雨靴

他躲在阁楼的储藏间里
擦拭雨靴。倾斜的屋顶挂着蛛网
从天窗溜进一缕光线
拦腰把屋子劈成两半

他的眼镜片上结着霜
树林里的小径更暗了
模糊中，他仿佛看到
雨靴表面有老虎斑斓的花纹

从黄昏开始的擦拭直到天亮
他直起腰深吸了一口晨风
眉宇间微微蹙动
分不清是笑，还是倦怠

楼下跑着运土的卡车

楼下有一座淹没在水中的城市

他扶着储藏柜犹豫再三

最后还是把雨靴丢在杂物中


2003 年 5 月 14 日

# 布 鸽

针线串连起凌乱的
羽毛。她老想
把一片麦田缝成翅膀
这是第五次感到
不如意
缝好的水渠被剪断
这意味着一片麦田
又可以重新播种一回
虽然还是老一套手艺
这回
麦田飞过了屋顶

2003 年 5 月 6 日

# 他在太阳下搓一根草绳

他不过是一个农民
他的那双手不过是一双手
草不过是草
阳光不过是阳光

他来到阳光下是必然的
他朝手里唾唾沫是必然的
他用力搓动双手是必然的
稻草在掌心里滚动是必然的

他偶尔对着太阳打一个喷嚏
他偶尔欠一欠屁股为了轻松
他偶尔咧一咧嘴因为用力
他偶尔回头看一眼草绳有多长了

他不过是一个农民

他来到阳光下是必然的

他偶尔对着太阳打一个喷嚏

他搓一根草绳自有他的打算

2003 年 5 月 26 日

# 火车头认识（组诗）

## 1. 火车头认识

绳子们的瘦腿叉开，并排站着

软骨头欣欣向荣

合金和钢同眼

合金蔫不唧地瞅。目光

穿不过裤裆

肺叶废了

软不邋遢地"汪汪"叫

一叠纸额向上翻翘

能抬多高就抬多高

真有效，斗争乘法

计算出的含羞草也成倍绿

跑调的侄媳妇

用乡村口音开办

中国字厂。开门就是春小麦

过堂就能

看到火车头在读书

混纺的官老爷满腹经纶

嘴里整日嚼着荷包蛋

风渡关东糖

黏稠得迈不开步儿

流水线上的雁

"哦哦哦"地发出喉擦音

2003 年 8 月 26 日

## 2. 汽灯正在下落的途中

摇晃的地方病包括锦葵

合乎骨结核的同时合乎鼓励

格外的喉咙里建有暗室

一张嘴就是满堂红

蝴蝶遮住了雪山，也许

那道屏障就是瓢虫的触角


糊涂鱼鼓敲着古乐

土蜂避开可见光绕地黄起舞

总觉得什么人在头发里

偷偷地喂养着狗獾

哎！哪能说得清？


洞房也落荒了，长满海椒

烤蓝向南瓜求爱打发日子

活见鬼给山鸡传话：

汽灯正在下落的途中

2003 年 8 月 27 日

### 3. 二胡的汁液

这些船都是上好的果脯

属于葫芦科，开白花

吃前要晒

搭在树枝上

驴打滚见过的

花粉里有咖啡碱

要慢火煮沸才能喝

有点苦味

像二胡的汁液

2003 年 9 月 6 日

## 4. 夜　莺

缠在树上的磁带

录下了监狱的啼叫

鸟在黑暗中飞翔

嘴角整晚流着蜡油

滴滴答答的

卷宗

覆盖夜空

比融化的沥青还稠

2003 年 9 月 7 日

## 5. 圣　火

熄灭了，所以守得住

熄灭了，因此可以带在身上

从夜里回来

摸黑把钥匙插进锁孔

摸黑翻书

抖落掉一身灰烬

2003 年 5 月 4 日

## 6. 塔

这是件怪事

你扯动

自己的一根头发

它就开始摇晃

2003 年 5 月 15 日

# 鸱枭的草鞋（组诗）

## 1. 壁橱里的鸱枭

我不能断定它是不是一只鸟
它混在壁橱的旧衣服中
也许，它不是黑色，或灰色
而是粉红或洁白
在那些旧衣服中我说不准
哪一件会飞翔，哪一件
缄默的嘴里含着不祥的预言

2004 年 9 月 24 日

## 2. 鸱枭的草鞋

那是一次模糊的经历
雾蒙蒙的早晨
我坐在河的一岸

看着房子渐渐飘远

一个赤脚的女人

在河中冲洗着甲板

鸥枭的草鞋发出弧光

悬挂在一棵不起眼的树上

发黄的草梗间

凝固着大海的波浪


## 3. 鸥枭的迷惑


一夜间

街道边上挤满假山

草坪承受了过重的压力

屋瓦莫名碎了

一些扫街人，他们的马甲

如同一场饥荒

## 4. 穿着草鞋的鸥枭

穿着草鞋的鸥枭，憨态可掬

迈着碎步走在石子路上

上坡的时候鞋底难免打滑

她不隐讳看到的秘密

她说出的咒语饱含着忠贞

雾蒙蒙的早晨

她突然出现在一只船上

多可爱的女人

她赤裸的小脚沾满泥污

她的头发披散在雾里，一声不响


## 5. 鸥枭的草鞋

躲过交通的高峰，躲不过

屋瓦上的苔藓，它持久滋生

逼迫你倒立着行走

倾斜拉大身体的裂缝

脚上穿着鸟巢，梦想飞翔

倒立中，鞋底被天空磨穿


披着黑色或灰色的羽毛

你的身后没有背影

与你相随的是紫禁城


2004 年 9 月 30 日

# 深渊中的反光

那里不只是黑暗
还有沉船，以及水手们的亡灵

在那宁静的地方，这些沉船
就像移民满怀梦想

那里肯定不只是宁静
不只是鱼在船舱里游动

一如黄昏下的田园
疲惫的人们哼唱小曲解乏

我看到深渊中的反光
仿佛大海炫耀手中的宝石

2004 年 9 月 25 日

# 你说出了秘密

你说出了秘密
你有罪，和解或对峙
月光下游弋的影子
无处歇息
阵雨让火柴受潮
受潮的火柴开始吃人

2004年9月28日

# 我必须借助闪电呼吸

我在一台机床里过夜
厂房太大，机床放下屠刀
它立地成佛

眼睛被螺丝紧了又紧
而在眼睛深处
一座金矿早被挖空

人们更懂得品尝鸟肉了
我也一样，骨子里
深藏着金属的鸟笼

瞧，灯火眼神贫乏
石头也感到憋闷
我必须借助闪电呼吸

2004 年 10 月 2 日

# 无路可逃

我们被追赶着
被飞旋的砂轮追赶
被滚动的铁丝网追赶

我们曾共同打造箭
在眼睛里
将锋芒磨了又磨
我们曾经共同喂养
一面破碎的镜子
现在，我们无路可逃
河水和草木都寒光闪闪

2004 年 9 月 24 日

# 我在一个符号里安身

前途就在草根上
而草根长到鱼的腮里

日落前默默地注视天边
手中的石头粗糙而单纯

露水有些凉，我不躲
我在一个符号里安身

2004 年 10 月 2 日

# 有些刀锋

有些刀锋依靠气体闪光
他们是气球的变种

有些刀锋只是季节的随从
秋天一到就枯萎了

有些刀锋不能开口
一开口就露出太监不阴不阳的嗓子

有些刀锋不过是空洞的掩饰
像处女膜经不住轻轻的一击

2004 年 11 月 4 日

# 他们曾经是诗人

他们曾经是诗人，如今已不在
他们的生命越来越轻微
没有人记住他们的名字
他们曾有的歌唱
如一群高压线上的麻雀
歇歇脚再飞，踪迹不定

2004 年 11 月 5 日

# 胡弦上的夜色

——给一位卖唱女

胡弦上的夜色化了妆

眼影有些浓，有些支离破碎

吱吱嘎嘎地流窜

围绕餐桌打转

松香和尼龙之间的摩擦

牙齿和牙齿的碰撞

月上胡弦

似乎更加游移不定

半是醉意，半是装傻

吱吱嘎嘎地流窜

一些散曲、打油诗

飘浮在渐冷的风中

没有着落

2004 年 11 月 29 日

# 造访梅林

走进梅林
蜜蜂在飞，豌豆生长
墓碑都浸透暗香

如赴灵魂之约
四十年来，我是第一次
和梅花共呼吸

梅下饮酒，与梅促膝
敬梅树一杯，就是
敬我的前生和来世

让我小睡一会，我不困
只想梦游，寻梅踏雪
造访一位唐朝的花鬼

2004 年 3 月

# 我走进石榴林

走进石榴林

看到石榴青青地咧着嘴

石榴树下泥土潮湿

发黄的草上挂着露珠

林中的空气弥漫着

干草的霉味

和农家肥料的气息

一只鸟

突然从脚边的草丛中飞起

2004 年 11 月 29 日

# 苏门答腊深处的钢琴

这样的想法也许不坏，你
为圣诞的钟声所感染
打开你珍藏的钢琴，你可是好久
不曾激动，现在
你心血来潮，要弹一曲助兴

一切都无可指责
你寂寞你需要心血来潮
你没有恶意，在幸福的人类面前
你仅仅想弹钢琴，活动
一下僵硬的手指
你仅仅想挽着印度洋
跳一曲华尔兹……

但你自然而然的演奏

竟是这样令人震惊和恐惧

仿佛，你的音箱就是庞大的地狱 ①

2005 年 1 月 3 日

**注:**

①2004 年 12 月 26 日，苏门答腊岛发生 9 级地震，引发海啸，造成环印度洋世界性的灾难。

# 消失的糖果店

普吉岛美丽的沙滩是个停尸场
我同时感受到尸体的腐臭
和沙粒的闪光。尸体还未得到
全部掩埋,变黑的海水
就恢复了宝石一样的蓝色
灾难留下了创伤,但生活在继续
废墟中,失去双亲的孩子
本能地寻找着糖果店

2005 年 1 月 3 日

# 水　渠

一条水渠并不起眼，我挖掘它
引水灌田，暗自抵抗大旱之年
我在乱石岗上挖掘，像修筑工事

这是我和自己的战争
我把自身一分为二，暴露在
你俯视的视线之下

一条水渠，就像你浅浅的笑
我挖掘是为了汲取和迷恋
这一切跟农业无关

2005 年 5 月 3 日

# 一条河从你的唇齿间流过

收割后的田野重归沉寂

梦想回到开始

多么值得赞美，秋天的寒露

融入了滚烫的血液


那些归林的鸟

其实藏在你的体内

那条轻轻低唱的河

正从你的唇齿间流过


你伫立在大地的一角

又同时追逐着连绵的远山

此刻，你红润的面容

跳动着稻草燃烧的火光


2005 年 8 月 10 日

# 牲畜有更深的饥饿

牲畜有更深的饥饿
一匹马在你的心上颤抖

你把镰刀挥向草
你知道牲畜有更深的饥饿

直起身，发现被斩断的草
依然站着，没有怨恨

2005 年 8 月 10 日

# 一米阳光

## ——给张琳

他们在量黑暗的深度
用同一把尺子

敲打自己后背的时候
击碎了屋顶上的瓦

牙齿打着寒战，炊烟
遮盖了眼睛深处的饥荒

他们在锅里煮着晚餐
用同一粒米

2004 年 10 月

李德武诗文集（上）

# 北方·南方（组诗）

## 1. 故　居

房子纳入交易，在频繁的转手中
故居消失了，门牌号残留一丝记忆
我和这座城市注定如此游离
就像连根拔起的芦苇在水上漂浮

二十年的生活是不连续的
断裂于不同的窗棂，中间空白
是落雪的铁皮屋顶，是广场的喷泉
是两条铁道夹着的双向站台

细碎的事物发出呼吸，雨水
渗透进血液里。枯水期河床丑陋
岸边倒扣的舢板如同老人松动的牙齿
我曾站在江桥上迷恋自由坠落

都过去了。树木披着冬天的银光
遥远的冰雪已长成骨肉
偶尔抬头看一眼来自北方的云朵
感觉故居就在那白云之上

2005 年 7 月 29 日

## 2. 出生地

有时我迟疑，面对表格上的空白
我不知小路是否还缠绕在山坡
铺满石子像一根疙疙瘩瘩的绳索
田埂上是否还长满蒺藜和香蒿
保持荒芜成为鹌鹑的藏身地

有时，我迟疑，不知该不该
停留在一个点上，或者把一个点
和一生的空白对应。我总是走神
在即将落笔的一刹那，想到
东山大坝在暴雨中决口

这成为深层的隔阂。我给祖父上坟
却从未与其谋面。而我眷恋的母亲
已辞世多年。除了母亲的灵魂
我不再有生命出发的地方
我越来越成为自己的出生地

2005 年 7 月 29 日

## 3. 在异乡

护城河在闷热中掠过一丝凉风
屋顶上，瓦片默默担负使命
船队在码头聚拢又疏散
如同一颗心迷恋歌吟和旅行


有些美并不相容，从北到南
我汲水的绳索在井台上磨出鸿沟
香樟撞击风雪，警示我
别把园林当作牙签含在嘴里

弥漫的安详，有一种腐朽的味道

生命越来越轻

贫穷和苦难已不被人们敬重

河流污浊冲淡了栀子花的芳香


在简陋的庭院，朋友们聚会

谦卑地啜饮红酒，低沉的吟诵

近于流星燃烧，让我确信：

这么远的迁徙只为一次拜访


2005 年 7 月 30 日


## 4. 南方的忧郁


黑暗溶解了树干，缓慢流动

风声微弱照出园子的轮廓

淡泊的月亮封死在一口井里

太湖石说着梦和星星的语言

亭榭上栖着麻雀和苔藓

古琴平息了一个人内心的暴动

镜子空虚仿佛断代的家谱

后庭传来缠绵的昆曲唱腔


时间被取消，在大理石细密的花纹里

疲惫和慵倦令人心醉，享乐的深渊

隐蔽在回廊和假山之间

花团锦簇，花圃密不透风


墙外边，老人在躺椅上摇着蒲扇

他表情平静，似乎从未发生过风暴

路灯下，蛾子和飞虫萦绕

延续它们千古不变的习性


2005 年 7 月 31 日

## 5. 犀利的

我看到午夜的蝙蝠

这久违的侠客

披着黑丝绸的斗篷

孤独的灵魂与自我决斗

身姿敏捷，心中的宝剑犀利

劈开闷热的空气

撕破

楼房的阴影和月光的朦胧

像一声压抑的呐喊

爆发出闪电

仿佛要把玉兰树沉闷的睡眠

带到悬崖峭壁，在那里

让每一根枝干

都重新接受风暴的武装


2005 年 7 月 31 日

## 6.天　井

屋檐在接触前停止

布设下两个对峙的阵地

几根竹子在风和阳光的禁区里

纤细、孤单，仰望一线天空

如一个徒有抱负的人

内心怀着晦暗的海


雨水沿瓦当滴落

如古琴流淌着千年绝唱

那是唯一能够说出黑暗的语言

这小小的空虚之地

如一柄剑鞘

有谁知那里笼罩着

一支军队埋伏的沉寂


2005 年 8 月 5 日

## 7. 壁　虎

树叶轻轻飘动，擦着滚烫的空气
窗前蚊虫涌动，像一群朝圣者


它在墙壁上潜伏
搜寻着小小的目标，老练而沉稳


游船激起一排排浪花
美丽的夜晚展开悄悄的厮杀


它突然出击，身影闪过玻璃
就像划开一道黑暗的裂缝


不！不！是敏捷向上的箭头
指向一轮正在爬升的黄色月亮

2005 年 8 月 5 日

## 8. 夏日回忆

夕阳把教堂的圆顶投影在地上

圣·索菲亚的钟楼是一座音乐喷泉

广场上，鸽群围绕孩子打转

小手里的玉米是夏日的黄金


人们在遮阳伞下喝着啤酒

呼吸从江面吹来的凉风

石头道上方解石圆润光滑

行人们的脚步将路面的微光擦亮


黑暗推迟降临，音乐和歌唱

在街头巷尾回荡。奔放的激情

被俄罗斯姑娘的舞步点燃

马迭尔冰点有着初恋的味道


2005 年 8 月 6 日

## 9. 在永慧禅寺看太湖

向前跨一步，越过禅寺的门槛
渔港里停泊着帆船，密密的桅杆
在春光下乌黑而寂寞

香烟、烛火。八百多年的石楠
顺着岩壁盘曲向上。黛瓦、黄墙
四百年的银杏绿荫如盖

似乎什么都没有改变
除了碧螺春每年都是新的
除了游客惊诧和陌生的面孔

回过头再看太湖，烟波浩渺
如同云海，又猛然觉得
她其实就在一片银杏的叶子上

2005 月 8 月 6 日

## 10. 台风"麦莎"经过苏州

台风"麦莎"经过苏州
仿佛经历了一场生死之恋
爱和恨相互追逐、扭结

这般强烈、直率和不容妥协
拒绝温情和暧昧
地上散落着不堪一击的枯枝败叶

整整一天一夜，风和雨的脚步
闪动着银色的烈焰
在树尖和屋脊上跳跃、升腾

那来自天空和大海的爱恋不屑于
在小桥流水中停留
公园里的花盆被她的裙摆掀翻

2003～2007

鬼魅也都躲了起来

寺庙的门窗紧闭

一面华丽的丝绸旗帜在吼叫中颤抖


2005 年 8 月 7 日

# 堂里村（组诗）

## 1. 割草的妇女

早上，她要赶赴一个约会
山坡果园里，那些草
已经等她很久

谦卑却不甘示弱
那些草蓬勃的攻势
渐渐高过果树

她开始心动
一大早，她赶赴山坡
俯下身用镰刀和草交谈

割下的草品尝爱抚
彼此都怀着感激和喜悦

2005 年 10 月 1 日

## 2. 墓　地

墓地连接着村庄

在田园或山坡上，墓地

是村庄里的另一个广场


那些通往果园的小路

同时通往墓地，在那里

不可区分的还有风和鸟语


祖先们坐在那里谈古论今

把苦难当一节烟吸掉

不动声色地盘点着满山的收成


2005 年 10 月 1 日

### 3. 双眼井

依山而居。你是村民中
最老的村民。你不动
却成了道路永恒的延续
在血管里耕作，有时成为砖石间的筋骨
或酒坛里的佳酿
你的简单同时也是你的秘密
目光清澈却藏着
不安分的梦和小小的谋算
你的井壁短而深远
投下的水桶
能够轻易把一轮月亮提起

2005 年 10 月 2 日

## 4. 水月寺 ①

把庄重的膜拜献给一首诗
一尊有着十足人情味儿的神像
不是亵渎，而是由衷的供奉
天高地阔打开识别水月的慧眼

字句间贯穿了简朴的赞美
水月燃烧滴淌下红色的蜡油
香火离生活是那样的近
闪动着人们内心的喜怒和哀愁

多好听的名字，水月寺
山水的神灵
就居住在花溪与树巅
手掌合十掌心就有一座深潭

2005 年 10 月 2 日

**注:**

① 水月寺位于堂里镇南山坳里，左面是最高
峰缥缈峰，右边是绵延的堂里岭。山清水秀，
怡人养性，可谓山水有灵。

## 5. 在雕花楼小住有感

风雨侵蚀的建筑，门窗开启

从未拒绝阳光和灰尘

雕花依旧开放，散发着生活的香味

那是丝瓜和豌豆的香味

是蜜橘和石榴的香味

子嗣沿袭，秉承了井水的清澈

百年之后，照壁前的方竹

还是这样峻拔而又棱角分明


守护的一砖一瓦都价值连城

连同那木头上的腐朽痕迹

连同那被迫涂写的红色语录

一本宗族家谱属于你也属于所有的人

而每间空荡的屋子都是人类的伤痕

粗暴造成的损失无以弥补

你不诉说却考验我们的良心

如今似乎过于落寞了，也许

恰如你所愿，又岂能断定

你的富足与开阔不是另一座太湖

2005 年 10 月 3 日

## 6. 树上遗留的板栗

如果那是我，我将庆幸

就算枉走了一遭

一文不值，又能怎样

春天和火热的盛夏

都已经浓缩成骨肉

或许，只有你配作证人

配给一年的收成估价

尽管你一言不发

尽管你被忽略和遗忘

2005 年 10 月 3 日


## 7. 老房子里的木质楼梯

从一楼到二楼，楼梯笔直

有些陡峭。房子都空着

楼梯就成了一把古琴

脚步踏在上面，整个楼都响

那声音沉重得有些空洞

可以看到，木板墙在颤抖

灰尘和虫卵也在颤抖，如同

绷紧的鼓面上弹跳的沙粒


夜里，沐浴黑暗。寂静告诉我

往日的灯火并没走远，秋雨

正从云端的楼梯上下来

如一群孩子在屋顶上追逐嬉闹


2005 年 10 月 4 日


## 8. 屋檐上的滴水闪闪发光


我心因一片瓦当而明澈

随滴水轻歌

似乎已经串入水的珠帘

成为一架任意拨弄的竖琴

此刻，我在青山绿水中间
暗淡的叶子被雨水照亮
还要什么更大的光荣
我必有所归，闪亮如滴水
流或止皆顺从江山的指引

2005 年 10 月 4 日

# 欢乐颂（组诗）

## 1. 红葡萄酒

　　近年患痛风，饮酒容易引起发作，故戒酒。
柏桦、杨键、庞培于 2006 年夏日来苏，朋友
相聚故开怀，痛饮而归。三日后，痛风果然
发作，持续七日。


我发现我空着的酒杯
早已注满琼浆
它空着只因未到痛饮时
多难得的时刻
杯子里闪动着天空的星光
我找不到合适的词来赞美
上帝的禁令被解除
我承认内心对友情的热爱
已经高过自身的健康
痛饮是自由的语言，痛且饮
美酒佳酿方入骨髓

我的疼痛就是我的歌
我的疼痛就是我的酒窖

                    2006 年 1 月 14 日零点十分

## 2. 死亡带来的笑

　　哈尔滨诗人孙大明正值壮年，2006 年 11
月某日心脏突然脱落猝死。头一天还与他网
上聊天的朋友第二天听后放声大笑，连说：
太有意思了！

"太有意思了" ——

一个人的死就如同敲了一下
回车键，瞬间换行了！

心脏这东西说脱落就脱落
就像一只秋天枝头熟透的苹果

一个诗人由站着到倒下

竟然不著一字，多白的一张纸呵

2006 年 12 月 9 日

### 3. 摩卡咖啡

　　经常与小海在蓝波咖啡厅喝茶，我喜欢
听小海开心的谈笑，小海则喜欢喝店里的摩
卡咖啡。

有些词因小海而重复，譬如"计划生育"
他分管这一块，他还分管宗教事务

这是人的两极呵，小海不轻松
晚上，他需要散步，喝点咖啡

这时，他会用起草政府文件的手
搅动杯子里的咖啡，缓慢而匀称

然后他笑，对我说："老李，
给你一个生育指标，要不要？"

那是他喜欢喝的摩卡咖啡，谈笑中
他的嘴边挂着咖啡的泡沫

2006 年 12 月 9 日

### 4. 我愿意吟诵，用山谷的嘴唇

我愿意吟诵，用山谷的嘴唇
说出一片叶子的轻微
说出叶子上颤抖的一滴露水

我愿意吟诵，用山谷的嘴唇
说出一汪山泉的静谧
说出山泉里那条游动的小鱼

我愿意吟诵，用山谷的嘴唇

说出风在树尖上的弹跳

说出一片果壳的殷实和空虚


我愿意吟诵，用山谷的嘴唇

说出滚落的石头，跌伤的野兔

说出折断的树干腐烂成泥


2006 年 12 月 15 日


## 5. 眺　望

我眺望，抬头看到

墙上的一枚钉子


稍远些，透过窗口

是对面楼上的混凝土水箱

再远些，是一排鸽子笼

鸽子笼也是用砖砌的


再再远些，隐隐约约

是一个孩子的哭声


2006 年 12 月 14 日


## 6. 钉子之歌

我记不起是什么时候将它写入墙体

当时挥动锤子的手一定很用力

雪白的墙壁被我戳破

就像锐利的眼神看穿一张面孔


它曾是银亮的，如今已生锈

但一直守在那一个点上

我用它晾过衣服，挂过帽子

现在它上面的蛛网是最美丽的流苏

它就在我窗子的旁边

每当我的眼睛被河面波光映花

我就通过它来定神儿，回到铁本身

我看到一位远古的勇士

2006 年 12 月 16 日

## 7. 作　画

一只鸟倏然间飞过

让我手中的小刀走神

刀锋削下的不是笔屑

而是我手指上的一片肉


我正打算画一幅画

用线条勾勒天空

这突然闪过的飞翔

令我激动不已

我顿时挥笔

却发现一幅画已经完成

血滴在画纸上——

花朵盛开，杜鹃正啼鸣

2006 年 12 月 15 日

## 8. 和女儿的游戏

女儿今年九岁，每晚饭后，她都要搔我痒，追得我满屋跑。问她为何喜欢这个游戏，女儿说："不愿看到你没有笑容的表情。"

这是一个游戏，我并不喜欢

因为搔出来的笑是一种痛苦

但女儿笑了我就高兴

她的动作很敏捷

总是袭击我最怕痒的地方

譬如腋下，譬如脚心

218

我就跑，围着沙发、茶几

像一个落荒的逃兵

但我跑不出家，跑不出她的手心


我就倒下来笑，翻滚着笑

直到我无法忍受，动用计谋说：

我们换一个游戏吧——捉迷藏！


我藏在了一堆杂物中，非常隐蔽

女儿怎么也找不到我，就喊，就哭

这次，我露出了胜利的笑容


2006 年 12 月 16 日


## 9. 发　现


降温了，寒冷让河水变绿

那颜色就如同一匹缎子

一上午都在楼上俯视水面

专注又漫不经心

有人约我喝茶，我拒绝了
我突然发现
水下有一片夏日的草原

它取消了我和水的距离
就仿佛我是一匹野马
在水下的草原游荡
这时，河面有船驶过
河水顿时涌起波浪
但并未扫我的兴，倒恰恰
让我听到野马的奔跑
听到它惊慌的嘶鸣

2006 年 12 月 16 日

## 10. 酬　劳

我暗地里和诗签了契约
承诺终生为她劳动
我唯一的酬劳就是——
她允许我以任何方式爱她

我不敢说那是一份忠贞的感情
有时我对她的爱完全是出于背叛
以我可能有的恶习和庸俗
唱出对她的恋歌

有时我偏离正道，寻找
机器吞咽的声音，石头的呼吸
寻找树干上丢失的脚步
寻找夜晚的磨牙声和呓语……

但我的劳动是诚实的

包括散漫、放纵和咬文嚼字

除了我在劳动中的投入与沉迷

所有的荣誉都不值一提

我们已经合作二十多年

这是我生命中最好的一段时光

我为这牢固的约束而满足

诗人的盛名难当，就叫我诗的使徒吧

2006 年 12 月 16 日

## 11. 花　园

花园改变了血液的流速

言说的嘴可以闭上了

假山让肌肉绷紧，葛藤缠绕

我已陷入你的囚禁

但这不怪你，真的是我蛊惑了自己

相信你根本不在地上

根本就没有围墙

果真如此那该多好啊

你随便在哪一朵云端

宁愿做你的囚徒，被你命令

用勃起的阳具锄草

2006 年 12 月 17 日

# 微不足道（组诗）

### 1. 微不足道

我迷恋
棕榈叶上的大海

我迷恋它
微不足道

2006 年 3 月 25 日

### 2. 两个囚徒

午夜，我打开灯
难眠的不是我，而是疾病

我和疼痛，两个囚徒
我们是彼此的监狱

### 3. 夜晚独行

诗歌是一道窄门
他让一个高大的人
低头通过

我不再期求，但我清楚
写作是夜晚独行

春暖花开，但帮不上多少忙
我们穷此一生
只为说出梦和星星的语言


### 4. 两只蟋蟀

这夜静得出奇
让我听到自己的耳鸣

那仿佛是两只蟋蟀
在对唱

### 5. 地狱之黑

我偶然触摸到
地狱之黑

那一刻
我的手正停留在
风衣的纽扣上

2006 年 4 月 7 日

### 6. 迷路者

太多的灯光
把树掏空了，五光十色的虫子
都接通了电
一起亮

2006 年 3 月 10 日

# 林中的朽木

在林中行走，会遇到朽木
一棵倒下的大树
如同一条长时间无人走的小路

我们可以抬脚跨过它
或者坐在上面休息
它就像一个老朋友那样可靠

松软的树皮下蚂蚁在嬉戏
蘑菇也肆无忌惮地生长
它腐朽的身体打开了另一个世界

它倒在地上，放下了华丽的树冠
放下了迎风作响的叶子
它选择匍匐、静默，和大地保持平行

那似乎在说，什么也没结束

倒下仅仅是改变朝向
有谁知腐朽仅仅是孕育的开始

在林中行走渴望遇到朽木，疲惫时
我们可以坐在上面休息
它就像一个老朋友那样可靠

2006 年 8 月 22 日

# 仙女岩

我们来自石头，但回不去了
鸟还在峭壁上散步
陡峭使我们双腿打颤
牙关紧咬阻断了返回石头的路
阻断了与沉默的灵犀

我们来自石头，但回不去了
太阳下面，帽檐遮住扁平的脸
舌头一点也没有仙风道骨
嘴巴不时发出尖叫
对着塑料瓶子大口喝水

我们来自石头，但回不去了
没有人能与雷电交媾
携带日月走出石头的子宫
而石头的生殖器正沐浴春风
她湿润、丰满，高过天堂之门

2007 年 5 月 12 日

# 山中望月

你的肌肤，让林妖活跃

让蛇蜕下外皮。有花为此而死

瞬间的幽香足以摄魂

足以让山顶上的庙宇飞翔

你撩拨头发的声音激起水波

使青蛙的卵形成云状

游动、弥散，扩大成黑色的星辰

你不安分的奇想

通过阴影使松树受孕，产出箭

2007 年 5 月 8 日

# 夜里听雨

由远而近，这些脚步急促

深藏着忧患

梦突然醒来，逃离我

来到黑暗中清扫街道


寂静的波浪不断上涨

沿着河堤的斜坡和树干

我用力向救生圈里吹气

直到膨胀的轮胎遮住我的脸


2007 年 5 月 8 日

## 山城漫步

这些草茂密、杂乱

我朝教堂走，却一脚

迈进公社的废墟。我看到

刷着红漆的墙壁如同符咒

一些骨头变轻，瓦砾

还原成关节或骨刺

我索性坐下来，用过期晚报

卷一尖顶帽子

给身边的一株罂粟戴上

2007 年 5 月 16 日

# 悬　棺

作为隐喻，它超出匠心
它欲言又止的悬念
纯是天造地设，风从那里
获得了听力，鸟在那里
学会安息。我则惊叹：
悬崖上空空的石穴
因为死亡而长出了牙齿

2007 年 5 月 17 日

*2008 ~ 2015*

天越远越低，低到被地挡住
人越走越小，小到一滴露水

每一条路都通天，在云中隐没
天上的人骑马回来，马蹄动地

猛然间看见自己消失了
犹如一声鸟鸣没有背影和痕迹

　　　《在诺尔盖草原》

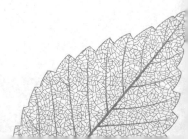

# 香洲晨光

春天容忍了我们的奢侈
栽下花只为了赏玩、制作口红
或者，培育繁复的花香
让一条石头船在原地打旋

这场景同样动人，当我们
坐在花中饮酒，用半醉的眼神
数着天空的星星，有人
真的就摇着折扇飞走了

之后一切重归安静，正如此刻
晨光成为这里的主人
它纯粹的明暗超出记忆
匠心与本色浑然一体

很好，一缕幽香与市井无隔

雕楼让风隐身

镂刻的门扇巧夺天工

它打开了心与花朵相通的路径

2008 年 8 月 3 日

# 穿过那道门

穿过那道门，我看到
通往月亮的路是一管口红

花按规矩绽放
她们的笑脸让我感到压抑

鹅卵石窃窃私语，谈论着
消失的河流

2008 年 11 月 8 日

## 海棠临风

我一度猜想，这间主人缺席的房子
年久失修的木制构件，是因为
呼吸了你的香气才不朽的

也难说不是你在晦暗的空间
点亮一盏灯，不，是搭起一架软梯
吸引春风在这里逗留

何必追究你是一个聪慧的侍女
还是一位自命不凡的墨客
何必固有"满园春色关不住"的套话

没有主人的院子里
你就是主人

2008 年 11 月 8 日

# 植物之心（组诗）

## 1. 芭　蕉

芭蕉硕大的叶子

极像一个人的笑容

我在人群中寻找


芭蕉有三只眼睛

墨绿、灰黑、褐红

三种色彩对应三重天空


屋檐下的芭蕉

是一叶飞舟，它携带着

大海的笑容


2009 年 6 月 6 日

## 2. 广玉兰

在夜里
雨水格外亮
在人们睡眠中
广玉兰醒来

熄灯后的楼房
像被锁起来的一排抽屉
从垂落的窗帘缝隙，偶尔
闪过几束灯光

深夜难眠的人
有幸目睹这一瞬间
绽放的广玉兰像一盏灯
让他内心明亮和安详

2009 年 6 月 6 日

## 3. 佛　手

夜深人静，我坐禅

面对一种蔬菜

佛手

忘了时间和两脚的酸麻


天空的十指张开

我被轻轻提起

从一根藤蔓上


2009 年 6 月


## 4. 葫　芦

我亲手种下葫芦

本打算种南瓜

却播下了葫芦籽


葫芦斜挂在墙上

肚子朝外鼓胀

好像不小心怀了孕

歪葫芦适宜装酒、装药

只是怪了，装酒喝了就醉

装药吃了无效


　　　　2009 年 6 月，修改于 2015 年 5 月


## 5. 麦　冬


我把手指伸进土里

嘴里默默叨咕：麦冬、麦冬

指尖长出了根须


一股清凉的山风

徐徐地吹过耳畔


　　　　2009 年 6 月 20 日

## 6. 平地木

我是在海盐南北湖的山上
遇到平地木的，一袋袋草药
标签上歪歪扭扭地写着：平地木
好玩的是它还有别名：短脚三郎
小青、地青杠、老勿大、叶下珍珠
铺地凉伞、不出林……

这棵不起眼的小草有着紫金的血统
饮雨露而萌芽，仰日月而修性
常匍匐着，使谦卑有了火一样的暗红

平地木乃地上之茂材，人间之屋木
性平，味辛、微苦；归肺、肝经
活血、化痰止咳
主治黄疸、风湿痹痛、睾丸肿痛……
平地木，我读着它的别名：
短脚三郎、老勿大、铺地凉伞……

2009 年 6 月 20 日

## 7. 罂　粟

栽一株罂粟，看它开放、凋谢
土地由火红回到荒凉
闪电瞬间划过长空
寂静如初，一如什么也没发生

栽一株罂粟，看所有的河流
都朝它汇聚，大海浓缩成
一滴汁液、一粒粉末
轻得只剩下漂浮

栽一株罂粟，看所有消失的时间
还原成件件遗物——
青铜头盔、碑刻、陶片、记账簿……
一朵花里有座古老的陵园

这么好的春光，这么肥的土壤
栽一株罂粟，看它开放、凋谢
闪电瞬间划过长空
寂静如初，一如什么也没发生

2009 年 6 月 24 日

## 8. 百山祖冷杉 <sup>①</sup>

我专注于倾听一棵树
从星星的闪光中，从大楼的阴影里
倾听你的脚步、呼吸和低低吟唱
消失的冰川回到细长的叶子上

进步的草木丛生，而你身处绝境
孤独的坚守变成不祥的信号
似乎不只是一株树，脚下的土地
也在快速沉陷，深到照不进一丝光

我反复书写一个词
一颗赤裸的果子
在刀斧与大火中艰难地萌芽
成为根的根，绝望的源头

2009 年 7 月 23 日

**注:**

① 百山祖冷杉，第四纪冰川期的古老珍贵物种，
世界最濒危灭绝植物之一，世界上仅存五株，位
于浙江百山祖海拔 1700 米左右的山上。

# 清凉寺

## 1

每一束光
不是突然出现
也不会无端终止

爬山虎越过墙头
祖母绿的路
从宝石伸向天空

## 2

伏下身，比一株矢车菊还低
贴着草根
这样看天，很近

一叶花草，一片烟云
白色或红色
这样看天，很干净

3

到达意味着离开
华丽的宫殿也仅是
宫殿

多美的花呀！
赞叹之余，花已经凋谢

4

风和雨消失在一张
白纸里

这样，就不用窗户了

这样，就可以
把窗户纸捅破

**5**

那些朝上的手心
那些扩展的枝叶

果子、雨水、流星……
划出坠落的弧线

那些朝上的手心
树林漏下斑斑月光

**6**

叹息、窃窃私语
城墙、围栏、屋脊
花悄悄在夜里绽放

河面泛着细碎的星光
青石铺筑的小桥
在星光中若隐若现

7

聚与散，就这样吧

晨与昏，彩虹消失了
光还在，一定的

就这样吧，当白鹭振翅
当奇迹出现

8

轻盈是对沉重的担当
每一双翅膀都携带
自在的种子

悬崖、荒漠以及石缝
心无挂碍，落脚之处
便是极乐之乡

## 9

每一棵草尖上
都有一座清凉寺

打坐、喝茶、望月
在草尖上

钟声响起
之后，了无痕

## 10

夏天，浆果抑制不住躁动
踩着草帽过河的人
看到了雨水的边界

丝瓜秧爬上窗户
闪电把一些断桥连通
在村庄和彩虹之间

夏天，雾气抑制不住膨胀
那些云彩上的脚印
一落地儿就还原成蘑菇


## 11

月夜，恰巧儿不困
就坐着，静静地
青蛙叫得真欢呐！


好像有一只来到门前
是的，它在那儿
它在敲门


好吧，请进来！
恰巧不困，就陪它
静静地。青蛙叫得真欢呐！

2009 年 10 月

# 午梦堂遗梦

石榴的午睡被太阳收留
那里有你我的白日梦
唉，五百年不过打了个盹

醒来已恍若隔世，阳光格外刺眼
只有虫蛀的书卷
依旧散发手写的热度

破败也温暖，荒凉也温暖
深山的庙宇，消失的钟声
都在这一刻生还

我禁不住喊出你的名字
定睛一看才知道你是疾飞的雨燕
哦不，是一朵无树无根的白玉兰

你就在空中，绽放一片片光晕

我辨不出你是纯真少女，还是翩翩少年

你离地这样近，又如此之远


怎奈，层层尘网都网不住梦

诗词也还魂为一缕幽香

以至于荒冢成了春天的出发地


2010 年 8 月 17 日

# 石湖散步

## 1

散步的线路从不固定
隐约贯穿在油菜花和野鸭之间
那座白色石桥
始终随着野鸭的身影飞翔

一座湖和一个梦
恋爱使他们恒久年轻
我从他们身边走过
脚步轻得像秋天的一片枫叶

路无始无终，我看见两种光
在山顶交接，黄昏蜕去老皮
夜蠕动新鲜的躯体
沿着潮湿的山坡滑行

走走吧，我对自己说
就这样像芦苇一样走走
星云敞开斗篷，好像
飞散的鸟群又重新聚拢


2010 年 12 月 4 日


## 2


深夜的山水属于幽灵
为了不冲撞他们，行走时
我低低唱经。不过，迎面的车灯
让我也不得不靠路边停下脚步

很多生命我们看不见

是因为太亮了，到处都是灯

也就到处不需要眼睛

眼睛都成了无底洞


那些幽灵或许就是我们的亲人

但彼此已经无法辨认

他们其实没走多远，和我们的距离

就是和墓地的距离


同在人间呀！有时我想

他们或许也需要炉火

也需要一座清静的湖水

看看漫天繁星的倒影！


2010 年 12 月 4 日


3


散步的时间只有一点点

但够了。节制些！

我对自己说：这一生
不是让我用来挥霍的

行走是一种反省。唉！
我曾把一座湖水背在背上
干旱、焦渴、搁浅的船……
如今我沿着水挥发的路径反思无知

我们看到的并不比一滴水更高
而头顶的帽子好似一艘水泥船
这时我会仰起头，对着天空默念
——下雨吧！

来自云端的雨水需要用心听
像草一样谦卑，像鱼一样欢喜
不要忙着逃避，那陷入泥泞的鞋
是我们结结巴巴说出的诗句

2010 年 12 月 4 日

**4**

并非我独自一人在散步
那个倒着行走的人不时回头
而湖边一个黑影在打电话
偶尔，也会从树丛中飞起一只鸟

一艘小船在湖中撒网，孤单地
像老人嘴里最后一颗牙齿
有人整宿都在垂钓
用手电光当诱饵

警察骑着摩托车在巡逻
闪烁的警灯预示着某种不安
我不能走得太快或太慢
这会让我前后的人感到恐慌

我心安详，但湖水从未平静
一声咳嗽也能激起波纹
在这拥挤、摩擦的夜晚
楞伽塔的钟声让四周空旷

2010 年 12 月 4 日

**5**

美是一道坎。我迈不过月光
影子追随脚步就像枯萎迷恋荷叶
雨打在上面，发出"噗噗"声
犹如徒然的伤感，空洞而沉闷

现在我知道，浮萍也是一座码头
我无法在上面停泊是因为
我一直把它当作浮萍，现在我知道
月光不过也是一片浮萍

也睡也醉也碎，浓重的一摊墨
枯笔或逆锋，揉皱的一团宣纸
曲径通幽通睡通醉通碎。我看到
迈向毛笔的脚正迈向箭

美是一道坎。嵌在门上是门槛
凸出地面是土坎，横在河上是一道坝
而我迈不过月光
像树迈不过他的根

2010 年 12 月 7 日

**6**

随太阳一同升起的是耻辱

朝霞有时让我耳热脸红

我听到心跳像公鸡打鸣

对我说：喂！天亮了，快醒醒！


"醒来"是一个修剪枝叶的过程

眼皮上有一座荒芜的花园

我向剪刀顶礼膜拜

就像麦田顺风弯下自己的腰


火不能回到烧过的灰烬

我却走上老路，汇入车流

我把散步的悠闲留在洞箫的沉默中

或一只青蛙入水发出的"扑通"里


现在夜深了，黑暗竟是这般透明

我向湖中投一粒石子，问流星去处

击起的涟漪围绕同一个中心扩散

由近至远，真实而渺茫……


2010 年 12 月 7 日

**7**

谁还怀着知了的忧虑？我只想玩玩
独自在山水间推动一颗棋子
夏天要过了，虫子感到紧张和不安
就连风摇动树枝的声音都变得干燥

农民给菜田施肥，最后一次打药
瓢虫和蝴蝶明显少了，相反
游人多了，夜市、夜花园、夜生活……
异常的是一颗在田埂上移动的棋子

空气中的花粉，让太多的人患过敏症
太香了，河上的拱桥得了哮喘
苏州的地方病，河流的皮肤
泛起一片片红疹子：瘙痒难耐！

缠绵的依旧缠绵，无力的却更加无力
残局已定。伸向空中的手抓不住一根光线
一批歌者即将消亡，留下沉寂和空白
供冬天回味，或酝酿新的开始

2010 年 12 月 8 日

**8**

写下这些诗，不存在必须
我只是将未完成的完成
在片刻的安静中延续犀牛角的散步
——盛夏一支蜡梅独自开放

窗前没有山，窗前是赛跑的楼顶
山在西侧，是上方山，国家森林公园
有雾的时候，看上去也悠闲澹远
我在文字中采菊，修理毁坏的篱笆

聆听窗外的细雨，我回想往事
那个在水渠里洗澡的孩子
那个醉卧灯下如钟窒息的青年
那个不为五斗米折腰的诗人可曾是我？

有些美一旦说出就破灭了，我小心启齿
（难道我不曾任性地迷恋破灭？）现在
我对自己说：少一点贪欢，在湖水的深绿
和微风的清凉中延续犀牛角的散步吧

2010 年 12 月 11 日

**9**

我既不是别人的对手，也不是自己的
给花浇水，邀风下棋，作馋做缠坐禅
读过的书摆在书架上，我不再碰她们
像我放下的美酒佳肴

有空就去爬山，体验心跳和出汗
令我大口喘息的不是山的高度
而是我的急性子和逞能。图什么？
我放缓脚步就如履平地了

一些登顶的人高兴地喊叫
我片刻也不停留，低头寻找下山路
太轻松反而危险，我看到一个青年
下山时控制不住重心跌落下山谷

有何荣誉可言，离成为一束光相差甚远
从雨中回来，在草地上擦拭鞋底的泥
收起雨伞，择菜、点燃炉灶……
一只猫正在夜行，脚步真实而谨慎

2010 年 12 月 15 日

## 10

冬日阳光让我想到已故的朋友
他走的时候正年轻，漫天大雪下了一夜
也不知是来接他，还是来送他
寒冷让大家都张不开嘴说一句话

由此我也想到另一位朋友
一个绘画天才
用线条和鬼神对话，鬼神说不过他
就把他带走了。他正当年

有时，我在梦里能见到他们
但已不是原来的样子，两个人都白发苍苍
我们打个照面，都知道彼此是谁
却无法交谈，就像彼此隔着厚厚的玻璃

有些记忆不停地重现，像一部黑白电影
播放一次就增加一层划痕
而有些东西应该记住却忘了
比如，想给一个人打电话却记不清号码

2010 年 12 月 17 日

## 11

飘去吧！让一片云成为一片云
随便向南或向北。也别确定它
白或黑，沉重或轻盈……
水正流动，雪正融化

此刻，一枝梅如诗绽放
写作在太阳下进行，从未停止过
一本诗集就像月光那样薄、那样轻
展开或合上不发出一点声响

在任何地方都可以读到温暖
读到春天的邀请和大海的问候
她离你我并不远，在心跳和呼吸中
比近还要更近

封闭的窗户——打开，为迷茫
辩护的雾瞬间散去，孩子们在游戏
无所顾忌地，波浪推动着波浪
成群的白鸽自在飞翔

2010 年 12 月 19 日

# 回到原处（组诗）

## 1. 天黑之前

天黑之前，有些事要做
锄草，给园子浇水
用竹竿把丝瓜的藤蔓引向高处

一些老家什摆在那里
当初渴望丢弃的
如今亲切无比

农活中有一种欢喜
就像锄头的光亮
散发着大地的温度

这里并非世外桃源
只是我把自己的心
开辟成了一个菜园

2012 年 9 月

## 2. 夕阳与湖光

夕阳将落时
它投映的湖光是紫色的
不全面
山的倒影是黛色的
而光线和水面接触的区域
是金黄的，向外依次是
玫瑰红、胭脂红、淡紫、深紫、靛蓝……
我全然看不清湖水的面目
而我要准确说出光
又是如此之难

2012 年 10 月

### 3. 过一种简单的生活

素食、持戒，怀着对众生的恭敬
谨言慎行。从一片落叶或是
一丝蛛网上寻找光源
看不清就划一根火柴

我感觉到宁静的力量
正由心底升起
那种欢喜自在的力量
让我不再厌弃和焦虑

当下即永恒。虫鸣的短暂
雨滴的微光都令人赞叹
回头，我看到自己的背影
融进了泥土

2012 年 10 月

## 4.50 岁，我重生为孩

成长使童心愚钝

而成熟意味着死亡

人之一生，有几次出生

婴孩源于母体

青春源于欲望

50 岁，我重生为孩

源于一根白发


时间滤去了炫目的光华

一根白发竖立在头顶

我用它感知天高地厚

感知四季冷暖

我用它读。听。写。笑。

没有路的时候，我用它架桥

甚至我想登天

就把它当成云梯


2012 年 10 月

## 5. 我行走在世俗的路上

我行走在世俗的路上

吃。睡。应酬。我保持内心的清醒

喧嚣越多，我离内心的宁静就越近

当独自坐下来，我就会把目光

投向细小的事物，墙角的蜘蛛、草丛的蟋蟀

因干燥裂开的天花板、灰尘，或者一只猫……

我长时间观察一株丝瓜枯萎的过程

倾听它内心的平和。你看，

它枯萎的藤蔓盘曲在竹竿上，依旧那么有力

像一根金丝闪闪发光

它显示出生命的纯粹，不依靠声名和财富

也不靠夸夸其谈，它安详、自足

尽管它不知道纯粹的意义

2012 年 10 月

## 6. 我想走得慢一点

我想走得慢一点，赶不上火车、飞机
因此使一项计划搁浅。特别是聚餐
我希望赶到时聚餐已接近尾声
我来就是欣赏大家酒足饭饱的喜悦
就是和大家问声好
和熟悉、不熟悉的朋友握手道别

每天，我都在匆忙的人流车流中穿梭
像一粒被波浪裹挟着的泥沙
我多么想走得慢一点，脱离波浪
一个人在岸边或石头旁逗留
我多么希望自己是一个落伍者

2012 年 11 月

## 7. 交谈者

他一本正经地说着自己的体会和感悟
对着镜子
当他点头，镜子里的人也点头
当他转身离去
镜子里的人也转身离去……

这一生，更多的话应该说给自己听
却常常找错交谈的对象

2012 年 11 月

## 8. 演出之前工作人员考察剧场

音乐。鲜花。红酒。
鸽子有一双合金翅膀
灯光和大幅招贴广告
把小提琴拉动、拉动、拉动
幕布后面的身影化作浮云
空荡的座椅整齐排列
一群半截子人从剧场的侧门消失

2012 年 11 月

## 9. 独处

有一小会儿也好，足够了
一个人独自待着。不说话。
熄灯。喝茶。静坐。
把内心腾空，交给天空
任云来云去、流星陨落

2012 年 11 月

## 10. 听　雨（之一）

来吧，拆穿虚假的关系
在黄昏的细雨中
感受哪一滴冷，哪一滴沉默
我无所倾向，听不清
我欠一欠屁股
让被阻断的经络畅通

秋也有一双耳朵
长在雨水里，贴着落叶
听蘑菇钻出地面

2008 ~ 2015

雨落在屋顶和芭蕉叶上：噼——啪！

在半空中被阻止的雨

有了第二次下落：噼啪……噼啪……


秋雨。黄昏。

落叶教会我们歌唱安然


2012 年 11 月


## 11. 听　雨（之二）


秋深了，桂花香已经淡远

雏菊开得正艳

风传播适宜的寒凉

夜里不眠的人，可以听雨

无须领会什么

雨滴声和狗叫声一样真实、简单……


嘀嗒、嘀嗒，这些雨

来自一座古老的钟


2012 年 11 月

## 12. 无　题

我看见那些被迫沉默的人

眼里燃烧着烈火

嘴角紧闭，含着闪电


我看到那些在黑暗中的人

努力从一只橘子里

剥开日出


2012 年 11 月


## 13. 天平山赏枫

周六，我来到天平山

距上次来正好一周

这一周发生很多事

世界似乎在发生巨变

但这一切背后的推手密而不见

由他们吧

我来天平山就是想数一数

树上多了几片红叶

我坐在半山腰的茶室边

喝茶。晒太阳。临风。看满山秋色。

风时急时缓。云时密时疏。

漫不经心数着红叶：一片、两片……

一<u>丛</u>、两<u>丛</u>……不知不觉

茶已变淡

2012 年 11 月

## 14. 有关禅诗

日落天黑，灯火生起

屋檐下，麻雀沉默不语

好多的星星，天亮的时候

他们都隐而不见

2012 年 11 月

278

## 15. 南方北方

同在此刻，南方下雨，北方下雪

无雨，南方是无趣的

无雪，北方是丑陋的


从北到南，如今我在雨中

打着伞，一枚散步的蘑菇


2012 年 11 月

## 16. 那些看似宁静的夜里很多梦异常慌恐


一只梨没有安全感

他在午夜被噩梦惊醒

他梦见自己被一束星光切开

他从自己的血肉中

看到了银河


2012 年 11 月

## 17. 写在落叶上的诗

很好，不渴的时候
茶才香。坐下来
身体就轻了，雨的脚步
蝴蝶的翅膀，出现又消失
抬头临风，风已回家

2011 年 10 月

# 西行记（组诗）

## 1. 在日月山，听风诵经

日月山，日月的脚印
圣洁、朴素，养育着青草和牦牛

时间似乎仍停留在唐朝
山顶是雪，雪之上是蓝天

就这么单纯，尼玛堆和经幡
风诵经的声音从未间断

2013 年 9 月

## 2. 朝圣青海湖

银色的、蓝色的、白色的波光
水中有另一重天，同样高远
同样纯净、深邃而安详

超越海与湖，独行静思
也不留恋过去和未来
一滴水挥发或凝固只在瞬间

止步。止语。每个走近的人
都当净身净心。亲近不分先后
抵达。也不可抵达。

2013 年 9 月

### 3. 在甘南，穿越山谷

流水追着日月脚步
从未停止前行，又从未离开原地
匍匐。朝拜。仰头向天
弯下的腰，隆起山脉
星光和雨雪
空寂中诵唱真言

牛粪。枯木。低矮的房屋
火焰在熄灭处延续燃烧
雪莲绽放。手指生香。
鹰默然独飞，而草与草比肩
山上山下一样高

2013 年 9 月 15 日

## 4. 在诺尔盖草原

天越远越低，低到被地挡住
人越走越小，小到一滴露水


每一条路都通天，在云中隐没
天上的人骑马回来，马蹄动地


猛然间看见自己消失了
犹如一声鸟鸣没有背影和痕迹

2013 年 9 月 15 日

## 5. 早晨，在拉卜楞寺行经

拉卜楞，每一片草叶上
都有一座圣殿

小雨清洗过的经幡
升起新一天的曙光

早晨，在拉卜楞寺行经
顺时针转动经筒，循着太阳的足迹

2013 年 9 月

## 6. 在郎木寺眺望天葬台

坟墓丑陋缘自它是人的自恋
死，原本可以干净彻底

天葬。肉体施舍于生灵
死，完成了它最后的奉献

分解与燃烧将自我破除

火回归火，风回归风


2013 年 9 月 15 日


## 7. 在尕海亲近乌鸦

乌鸦的羽毛透明洁净

乌鸦的眼神温顺


我躺在山坡，他朝我飞来

友好而又怀着警觉


我读懂了他的心思

便将手伸给他


他落在我的手指上

好像落下一小朵白云


2013 年 9 月 15 日

## 8. 在朵海山上静坐

风不大，云走得也就很慢
看上去静止不动

入秋了，草有些枯黄
土地湿润。土地总是这么湿润

山在劳动，抚养牛羊和我
还有身边乱窜的野鼠

入秋了，请下雪吧！
大雪封山，点燃炉火

2013 年 9 月

## 9. 在青藏高原，眺望雪山

没有禁区，大地的任何一处
都栖居着生灵

冰雪圣爱，一定的
否则，雪莲怎么能够绽放

没入云际的银白宫殿空而富有
神在那里为尘间烦劳

但我看不到神，我只看到了冰雪
她告诉我那里本是心灵的故乡

2013 年 9 月 30 日

## 10. 圣地上的普通生活

贫富权且都是路费，积攒了花掉
这片刻的到达，已花了几世的准备

记忆残存的是旅途碎片
行走的背影都收留在风尘里

完整得超乎想象，偶尔低头
从路面的水洼中仍可辨认从前的自己

生活不光是弯镰割草，或策马放牧
也包括单纯的行走、诵经

舒适使人懈怠、沉迷，风雪中的呼吸
有风雪一样的气度和满足

一切到来的都无法擦去痕迹
落日留下温度，黑暗留下梦

2013 年 10 月 1 日

# 西湖咒（组诗）

## 1. 西湖咒

梦里念一种咒：
　"呀吗啦哈，噼啪噼啪
水泥开花，无塔有塔"
醒来不解其意，朦胧中忆起
此咒名曰：西湖咒

　　　　　　　　2012 年 12 月 17 日

## 2. 刹那的一瞬

这一天是如此忙碌
却又如此不值一提

刹那的一瞬，想要记住点什么
奈何它已远逝

　　　　　　　　2013 年 4 月

### 3. 危险之旅

我熟悉语言之术
为避免说出谎言
一次次我把自己
从迷醉和昏沉中叫醒

2013 年 5 月

### 4. 夜晚的湖堤

夜晚的湖堤并不宁静
虫鸣、蛙鸣、星光演奏夜的交响……

湖水没有对错，风
追逐波浪，从东到西，或从西到东

2013 年 6 月

## 5. 幻 象

幻象借助我们的嘴呼吸
虚构的生命
放射迷人的光彩


幻象一直被当作真实
有时它灵魂附体，有时
它是魔术类的小把戏


有人在幻象里待久了，竟找不到
自己的家



## 6. 在诗会结束后目睹某些诗集被胡乱丢弃

一本。又一本。又一本……
同样的精美厚重


白送给你。亏了一份诚心！
很贵的！倒不值钱。


2012 年 12 月 20 日

## 7. 登　山

我来之前雾已在山上
登山变成了登雾


雾里看山，一片荷叶
山里看雾，一朵莲花


树直挺挺的，我直挺挺的
仿佛莲花出水之前


2012 年 12 月 21 日


## 8. 雕　塑

看见和看不见的
都有两张脸
一张印在扉页上
一张揣在兜里


青铜。石膏。大理石。协议文本。

2012 年 12 月 20 日

## 9. 粗　茶

叶子粗大，有些老
夹杂着草梗和土气

汤汁浓烈
赭红、殷红、淡红……
直到无味就成了老相识

2012 年 12 月 21 日

## 10. 石头云

点过的石头都变成金子
未被点过的石头还在天上飘

2012 年 12 月 25 日

## 11. 深冬，赴山中访梅

独自朝山里走
寒冷让鸟鸣结霜

访梅却不见梅的踪影
只有淡淡香气弥漫
来自遍山石头

2013 年 1 月 1 日

# 斜 塔

老虎的筋骨松弛。塔斜出体外
烟云撩拨过往的火车，围绕一把剑打转

塔被咽喉卡住，就仿佛火车的汽笛中
有一根鱼刺，听起来耳痛

孩子们喜欢玩耍，在倾斜的塔里窜来窜去
扮演侠客，手持冰糖葫芦行走江湖

碎瓦坠落，塔在倒塌前长出羽毛
随白鹭飞回天上，不留一行文字

2014 年 11 月 7 日

# 回 头

楼梯通向深海，你从半空中走下
到海上游泳。楼梯透明，雪蓝

故乡从波浪中冒出来，又消失
它跟随着你，和你保持一米阳光

2014 年 11 月 7 日

# 时　钟

在眼里，三匹马沿着瞳孔奔跑
幽深的隧道没有尽头
光到达时已经变暗，没有温度

我眼睛肿痛，隐约看到一座陷落的城市
从海中浮现，曾经消失的人们
纷纷回来，在钟楼的尖顶上饮酒、赋诗

他们头朝下跳舞，仿佛脚悬挂在天上
身体的摆动搅起潮汐
激荡的水，最终又带着破碎的浪花回到原点

2015 年 5 月 1 日

# 晚 霞

见到的晚霞并非真的晚霞

就像此刻的我并非自己

我想到晚霞（比看到的要更真实些）

燃烧的脸，折断的翅膀

当天空被染红，有人刺绣、画画

摆弄自己手中的晚霞，有人

在会议室里讨论晚霞

有人低头插秧种下晚霞

这时晚霞是华丽的仪式

通天的暗道或竖在果园里

用来摘取苹果的梯子

（苹果替代星星坠落）

我想到晚霞，鸟的庄园

2015 年 5 月 1 日

# 大雁塔

我先看到大雁，之后见到大雁塔

看大雁时我站在地上朝天空仰视

到大雁塔我站在塔顶朝大地俯视

大雁南飞了，那个冬天我在原地度过

大雁塔还在西安矗立，我却四处浪迹

很久以来，我读过一些关于大雁塔的诗

也读过玄奘在那里晾晒的经书

我发现大雁还是大雁

大雁塔已不再是大雁塔

有时我原谅自己的短视，就当没看到

那些背着大雁塔四处游走的人

2015 年 5 月 2 日

# 大运河

大运河是孤独的，上面游动着一群群
被令箭串起来的鱼。一些倾覆的历史
遗留并传承了大地的饥饿
时间无法充饥，更空虚的胃吞吐着，不觉餍足

大运河是孤独的，螺旋桨绞碎寒山寺的钟声
和两岸垂柳的倒影，一个苦役没有休息
大运河仅有的荣华就是载着皇帝赏花
以及送张继这样的才子进京赶考

我站在苏州的狮山桥上看着大运河
不免伤心，大运河苦役的命运
如同永不愈合的伤口将大地一分为二

2015 年 5 月 2 日

# 木芙蓉

木芙蓉，山坞的异己
一个有根的眼神，淡定、凝重
邮船停在枝头，信迟迟未到
多么艰辛的路途，一叶汪洋
一页，或一夜，不是时间问题
也不是深浅问题，这张纸捅不破
这张纸必须捅破，把木芙蓉
从体内喊出来，还给春天

2015 年 5 月 10 日

# 西　风

把一口气养大，养成西风

人生过半，手中仅存西风。也不靠谱

想雨来雪，想雪时来一群蝴蝶


养大的西风长成雪梨，会飞翔的梨

赶在立秋之前升空，隐身为光

赤裸的梨，赤裸的大脑，拒绝水分


夜幕有内幕，不可知、不可解

花园回旋怨气，月季占领高地

把一口气养大，成全西风的风流


海水用深蓝静虑，西风非风

出路非路，艾蒿困在牢狱里

西风在牢狱墙上画一条线，一线通天


2015 年 5 月 10 日

# 滴水居

边界终将消失，一滴水

小到不可分，这样好，我可安居


2015 年 5 月 10 日

# 那么，我们数……

你说：

数到一千粒沙子

就能在陌生的城市遇到知音


你说：

把吐掉的果核分成三组，每组 10 枚

重复数，数到一千遍

就能听到神的指点


你既然认真

我也认真，那么，我们数


2015 年 5 月 17 日

# 密　谈

## 1

我已经把我的世界向你敞开，东西南北上下的世界

你处在悬空中，但这是危险的。你感受到洪水了吗？
雾霾在聚会，策划一场暗杀，四周是一些看不清的脸
我说洪水，请你当心洪水，当心每一个说话的人

没有人说话，在地铁里、路上或机场，甚至葬礼上
人们低着头看手机，莫名的表情已经不像一个人

你也在其中，你正被人流裹挟着涌进地铁入口
你可能在选择去向时迷惑，因为地铁是对向开的
列车朝着彼此相反的方向，又总是在同一站台上相遇

我不确定是否需要滚梯，但我在下降、下降

滚梯不停在转，地狱离阳光最深不过 30 米，你还会上来

我不确定你的话是否真实，我看到有的人留在了地下

那是个别人，那是一些昂着头走路的人，他们因为寻找星空
所以不慎跌下轨道，当然，也有被挤下去的

地铁，地狱，地下工作者，我是谁？我为什么也在这里？

你是我的密探，你是我的贝德丽琪，你是我的眼睛！


**2**


我闻到了薯条、汉堡和葱油饼的味道
这就是洪水的味道
我闻到了麦克风里传出的狐臭和脂粉的味道
这就是洪水的味道
我闻到笑声中的轻薄和复印机散发的墨粉味道

这就是洪水的味道

我闻到罩在塑料下面树木腐烂的味道

这就是洪水的味道

我闻不到空气了，我闻不到自己的气息了

这就是洪水的味道

2008～2015

**3**

我已没有资本挥霍时间，这美的世界，我选择逃离

在一个僻静的地方坐下来，就这样打坐、冥想

检点自己，我比任何人都更需要了解自己

当我沉默，我才开始真正的交谈

每一天都十分紧迫，识别碎片，并接受他们，我不再完整

我穿行在语言的空间里，权力的、非权力的和真空的地带

避免落入自己设计的圈套，这样很好，就这样吧

接受遗忘和忽视，没有任何企图就不会失望

世界已经不再完整，星云吞并星云

我们处在云团的吸附和自我的裂变中

随时可能被撕裂、吞没，以致毁灭
死不是终结，死是能量的转换，成为另一种能量
我需要这样的力量，在伤害和苦痛中完成蜕变
在安静中寻找歧途险境，发现未知和新生命
诚实写作，尊重本心，而不是设计本心


4


你徒劳地忧伤，试图让背上的筐盛满海水
你游弋在正解和谬误之间，像一艘受困的船
你把自己带到孤独的高地，以面对自我的方式面对世界


现在，我把我向世界敞开，没有秘密


2015 年 5 月 3 日

# 〔开始吧众筹〕第 22 个故事

寻找诗的知音

## 支持者名单（按支持档排序）

| | | | | | |
|---|---|---|---|---|---|
| 童莲敏 | 车前子 | 孙加山 | 周雪耕 | 陈亚娟 | 曹利生 |
| 陈 霖 | 郑玉彬 | 孙成健 | 葛玉丽 | 苏金华 | 谷继业 |
| 张苏华 | 王国伟 | 祁 国 | 江小玲 | 周 茵 | 陈 鉴 |
| 魏 宾 | 苏 秋 | 蒋佳男 | 小小奎 | 刘增凯 | 洪和平 |
| 切切耳语 | 安心慈冉 | 邱红芳 | 杨 曦 | 殷天山 | 孙思静 |
| 王燕京 | 李 华 | 慧 莲 | 悟 空 | 黄加禾 | 若荷影子 |
| 樊亦文 | 徐 苏 | 申 儿 | 徐云芳 | 顾 步 | 中 国 |
| 桑海玲 | 林 红 | 夏 回 | 刘玲宏 | 我心依旧 | 苏 眉 |
| 王少辉 | 本草人生 | 潘 敏 | 罗一然 | 陆 炜 | 林万里 |
| 唐媛英 | 华 彪 | 王 丽 | 刘 越 | 刘 平 | 朱 浩 |
| 吴 宏 | WANG | 张笑蛮 | 陈 哲 | 何 胤 | 张 薇 |
| 李伟林 | 卿王波 | 蓝印花布 | 曹传赟 | 张大朋 | 王金花 |
| 袁美华 | 朱 燕 | 飞天袖间 | 王 潮 | 潘莉莉 | 彭芊羽 |
| 汤逸洲 | 陈亚红 | 张 彬 | 陆 杰 | 惠 人 | 李莉莉 |
| 朱神光 | 江海菱 | 杨晓中 | 大 门 | 叶朦朦 | 康 钰 |

阿　笑　青　锋　彭秀峰　刘　洋　牛传英　张　雁
迪　尼　@望　浦君芝　罗少爷　曲小青　鸣　钟
藏　北　吴雨虹　清　霜　张洁琼　阿　焦　吴　松
胡权权　姚　月　曹鸿蔚　吴梦云　蒋林英　璞之言
王云峰　周宗光　曾一果　桑海玲　贺文斌

## 无条件支持者

王绪斌　梵　冉　明　基　行云子元真
阿　晴　小　猪　不二诗兄

## 友情支持

小　海（诗人）　　　　苏　野（诗人）
陶文瑜（作家）　　　　曾飞鸣（诗人、篆刻家）
郑文斌（资深媒体人）　包　兰（苏州园林档案馆馆长）
华　迅（资深媒体人）　卢小平（摄影师）
龚征然（摄影师）　　　张　雁（"诗之音"篆刻）
曾晓辉（香港《中华时报》社长）
许雪根（古吴轩出版社总编）

## 微信公众号及媒体推广支持

| | |
|---|---|
| 苏州名仕 Club | 诗情画意 |
| 《扬子晚报》艺术苏州 | 今天文学——今天诗选 |
| 心灵的艺术——being poem | 诗画周刊 |
| 读首诗再睡觉 | 诗客 |
| 《中国保险报》 | 中国新闻网 |
| 苏州电视台 | 香港《中华时报》 |

## 众筹运营平台

开始吧：www.kaistart.com